ग्रामकहानी

ग्रामकहानी

अविनाश कुमार

वाणी प्रकाशन

प्रकाशन के उत्कृष्टतम 63 वर्ष

vaniprakashan.com

सजिल्द पहला संस्करण : 2026

वाणी प्रकाशन

4695, 21-ए, दरियागंज, नयी दिल्ली-110 002

फ़ोन : + 91 11 23273167, 23275710

शाखाएँ

अशोक राजपथ, पटना-800 004, बिहार

कॉफ़ी हाउस कैम्पस, महात्मा गांधी मार्ग, प्रयागराज-211 001, उत्तर प्रदेश

महात्मा गांधी अन्तरराष्ट्रीय हिन्दी विश्वविद्यालय, वर्धा-442 001, महाराष्ट्र

sales@vaniprakashan.in
vaniprakashan@gmail.com

Gramkahani

by Avinash Kumar

ISBN : 978-93-7348-162-3
Novel

मूल्य : ₹ 300

आर. टेक ऑफ़सेट, दिल्ली-110 032 में मुद्रित
वाणी प्रकाशन का लोगो मक़बूल फ़िदा हुसैन की कूची से

मेरे पिता–श्री अजय कुमार सिंह
एवं
माता–श्रीमती प्रतिमा देवी
को समर्पित

अस्वीकरण

यह उपन्यास एक साहित्यिक कृति है–विचारों, अनुभूतियों, कल्पनाओं और सामाजिक यथार्थ के रचनात्मक संलयन की अभिव्यक्ति। इसमें वर्णित घटनाएँ, पात्र, स्थान या संवाद वास्तविकता से प्रेरित हो सकते हैं, परन्तु ये अनिवार्य रूप से वास्तविक व्यक्तियों या घटनाओं का प्रतिबिम्ब नहीं हैं।

इस उपन्यास में व्यक्त विचार, प्रतीक या परिस्थितियाँ लेखक की प्रशासनिक या संस्थागत भूमिका से सम्बन्धित नहीं हैं, न ही ये किसी संस्था, पद या सरकार की आधिकारिक नीति अथवा मत का प्रतिनिधित्व करती हैं।

यह रचना केवल साहित्यिक विमर्श, मानवीय संवेदना और चिन्तनशील संवाद को प्रोत्साहित करने के उद्‌देश्य से लिखी गई है। इसका उद्‌देश्य किसी व्यक्ति, समुदाय या वर्ग की आलोचना नहीं, बल्कि समाज और मनुष्य के जटिल अनुभवों को रचनात्मक रूप में अभिव्यक्त करना है।

भूमिका

यह वर्ष 2021 के गर्मियों के दिन थे जब मैंने पहली बार एक कहानी लिखनी शुरू की थी। आरम्भ में अन्त का पता कहाँ होता है! मुझे नहीं मालूम था कि कहानी किस मोड़ से गुज़रते हुए कहाँ जाकर ठहरेगी। कितने महीने लगेंगे, यह भी नहीं जानता था।

बस लिख रहा था। एक व्यक्ति से शुरुआत की थी जो पेशे से एक पत्रकार था। किन्तु, उस व्यक्ति की एक मनोदशा थी...एक चरित्र था... जिसके कारण उसके चारों ओर एक आवरण था...एक दुनिया थी।

जैसे-जैसे आगे लिखता गया, उस दुनिया की परतें खुलती गयी। किन्तु, अभी कुछ तीन-चार अध्याय ही लिखे होंगे कि अवरोध आ गया और मैंने इस उपन्यास पर काम करना बन्द कर दिया। दरअसल उन दिनों मैं सिविल सेवा की परीक्षा की तैयारी में जुटा था। यथार्थ कल्पना पर हावी हो रहा था... बार-बार।

अब चार वर्ष से अधिक समय बीत चुका था। मैं भी इस कहानी को कहीं पीछे छोड़ चुका था और यह कहानी भी मुझे भूल चुकी थी। संयोग ही कहिये कि बचपन में कभी जिनकी जानकीपुल कहानी पढ़ी थी, उस सुप्रसिद्ध लेखक श्री प्रभात रंजन जी के सम्पर्क में आया। उन्होंने मेरी कुछ कविताएँ पढ़ी, उन्हें जानकीपुल डॉट कॉम पर प्रकाशित किया, ख़ूब सराहा भी और फिर पूछा, "क्या आप गद्य भी लिखते हैं?"

क्या मैं गद्य लिखता हूँ? मैंने स्वयं से पूछा। मैंने कुछ लिखा था, अधूरा-सा। थोड़े संकोच के साथ वही तीन-चार अध्याय जो लिखे थे, उन्हें पढ़ने के लिए भेज दिया। कुछ दिनों बाद उनका ईमेल आया, "प्रकाशन योग्य है

अविनाश जी और पठनीय है। पूरा कीजिए। मैं एडिट कर दूँगा। फिर प्रकाशित करवायेंगे इसको!"

उसके बाद से वे लगातार इस उपन्यास की प्रगति के बारे में पूछते रहे। प्रशासनिक सेवा की ज़िम्मेदारियों के कारण मैं बहुत कम लिख पा रहा था, किन्तु वो फिर भी मुझे प्रोत्साहन देते रहे। सच कहूँ तो जिस तरह छात्र-जीवन में अपने गुरु को निराश करने का डर बना रहता है, उसी तरह गुरुतुल्य श्री प्रभात रंजन जी को भी निराश करने का डर बना रहता था। नतीजा यह कि अपने हिस्से की कई रातों की नींद का मैंने सौदा कर लिया...लगभग चार हफ़्तों की अवधि में मैंने यह उपन्यास पूरा कर दिया।

पूरा करने के बाद भी कुछ अधूरा-सा लग रहा था। मन तृप्त नहीं हो रहा था। फिर मेरी पत्नी प्रणिता ने कहानी के अन्त को लेकर एक सलाह दी। उनकी उस सलाह ने इस उपन्यास को सचमुच पूर्ण कर दिया। वे स्वयं भी भारतीय प्रशासनिक सेवा की अधिकारी हैं, इसलिए हमारे हिस्से में अपने लिए बहुत कम समय ही मिल पाता है और इस उपन्यास के लेखन के दौरान वह बचा-खुचा समय भी मैं उन्हें बड़ी मुश्किल से ही दे पा रहा था। इसलिए प्रणिता को विशेष रूप से आभार, कि वे बड़ी समझदारी से इस दौरान हमेशा मेरा साथ देती रहीं। इसके अतिरिक्त, मेरे सभी परिजनों का भी सस्नेह आभार, जिनकी व्यक्त अथवा अव्यक्त उपस्थिति मुझे हमेशा सम्बल देती रही।

किताब पूरी होने के बाद मैंने उसके नामकरण के लिए आदरणीय श्री प्रभात रंजन जी से विशेष अनुरोध किया। उन्होंने एक बहुत ही रोचक नाम दिया...रामकहानी के तर्ज़ पर 'ग्रामकहानी'। यह शीर्षक ही अपने आप में बहुत कुछ कहता है...थोड़ी देर ठहरकर सोचने को बाध्य करता है।

यह उपन्यास एक व्यंग्यात्मक–दार्शनिक–अस्तित्ववादी रचना है, जो आधुनिक मध्यवर्गीय जीवन की विडम्बनाओं और व्यक्ति के आत्ममोह व हीनता के संघर्ष को मार्मिक हास्य के साथ प्रस्तुत करता है।

मैं गाँव से आता हूँ। मैंने ग्रामीण-जीवन को बहुत निकट से देखा है। स्मृति जितनी साथ दे सकी और कल्पना स्मृति के आस-पास जितनी भटक सकी, उतनी मौलिकता मैंने इस उपन्यास में दर्ज़ कर दी। यद्यपि 'ग्रामकहानी' महज़

एक गाँव भर की कहानी नहीं है, तथापि यह भी सत्य है कि घरकूँच गाँव का दर्ज़ा इस उपन्यास में किसी भी किरदार से कम नहीं है।

अन्त में मैं सहृदय धन्यवाद दूँगा वाणी प्रकाशन के श्री अरुण माहेश्वरी जी का जिन्होंने बड़ी तत्परता के साथ इस पुस्तक का प्रकाशन किया। यह उनके ही उद्यम एवं जोखिम का परिणाम है कि यह पुस्तक आज इतनी शीघ्र आपके हाथों में पहुँच सकी है।

पाठकों को समर्पित!

–अविनाश कुमार
ब्रह्मपुर (ओडिशा)

1

सुधीर शर्मा स्वयं को अव्वल दर्ज़े का पत्रकार मानते थे, लेकिन साथी सहयोगी उन्हें दोयम दर्ज़े के पत्रकार के रूप में ही देखते थे। हालाँकि, आहार-व्यवहार, हाव-भाव और पोशाक से शर्मा जी एडिटर-इन-चीफ़ ही लगते थे। लेकिन, फिर भी सहकर्मियों की नज़र में उनकी इतनी ही अहमियत थी जितनी डेस्क पर रखे प्लास्टिक के फूल वाले गुलदस्ते की।

सहकर्मियों की माने तो शर्मा जी के हीन होने के पीछे कई कारण थे, जिनमें से सबसे प्रमुख थी–उनके 'लोकल कॉलेज' से प्राप्त की हुई डिग्री। हालाँकि, शर्मा जी थे बड़े जुगाड़ू...ऐसे 'प्रख्यात' संस्थान से शिक्षा प्राप्ति के बावजूद भी सिफ़ारिश के ज़रिये उन्होंने अपने लिए ठीक-ठाक नौकरी हासिल कर ली थी।

यूँ तो शर्मा जी ख़ुशमिज़ाज प्रकृति के मानव थे, लेकिन उनकी केवल दो ही कमज़ोरी थी शायरी और पत्रकारिता। कोई दबे मुँह से भी उनकी शायरी को बुरा-भला कह देता तो उनकी नसें फूलने लगतीं और हृदय गति, युद्ध में दौड़ने वाले घोड़ों के समान तीव्र हो उठती। ये तो वो बस अपने दुबले-पतले बदन का लिहाज़ करते थे, नहीं तो उन्हें नरभक्षी बनने से कोई रोक नहीं पाता। हालाँकि कोई उनकी पत्रकारिता को नीचा दिखलाता तो उनके जज़्बात थोड़े विपरीत हो जाते। यहाँ वे थोड़े संवेदनशील हो, तुरन्त मुँह लटका कर कोने में बैठ जाते।

शर्मा जी की माने तो वे वर्ल्डक्लास प्रोफ़ेशनल जर्नलिज़्म के सभी पैमानों पर खरे उतरते थे, लेकिन फिर भी सहकर्मियों के अनुसार–केवल उनकी

पत्रकारिता की डिग्री की वजह से ही उन्हें दफ़्तर में चाय बनाने का काम नहीं मिला, वरना वो दरअसल उसी लायक थे।

किन्तु, दफ़्तर में एक व्यक्ति ऐसा ज़रूर था जिसके शर्मा जी भी कायल थे और संयोग से वह भी शर्मा जी की प्रशंसा करते नहीं थकता। सैकड़ों की भीड़ में शर्मा जी जैसे हीरे को पहचानने वाला यह पारखी कोई और नहीं, बल्कि दफ़्तर में चाय बनाने वाला राजू था।

राजू की माने तो शर्मा जी को अगर इस दौर का ग़ालिब कहा जाये तो इसमें कोई अतिशयोक्ति नहीं होगी। शर्मा जी भी राजू के मुँह से यह सुन गदगद हो उठते। राजू भी इसे बार-बार दोहराने में संकोच नहीं करता, आख़िर उसे शर्मा जी हर बार धूम्रपान जो करवाते थे।

सिगरेट पिलाते-पिलाते शर्मा जी ज़रा भावुक हो जाते, "क्या बताऊँ राजू, इस ऑफ़िस में सारे के सारे टट्टू और कामचोर भरे पड़े हैं और हद तो तब हो जाती है जब इन मन्दबुद्धि के स्वामियों को मेरी शायरी फूहड़ लगती है... शायरी को समझने के लिए शायर का दिल चाहिए होता है और इन वेतनभोगी ग़ुलामों को भला ये नसीब कहाँ..."।

इतने में राजू सहमति में सिर हिलाता दूसरी सिगरेट जलाने के लिए कहता। शर्मा जी राजू को सिगरेट जलाकर देते। शर्मा जी स्वयं सिगरेट का सेवन नहीं करते थे, लेकिन राजू के लिए उसके पसन्द की एक प्रीमियम ब्रैंड की सिगरेट खरीदते ज़रूर थे। अगर रविवार हटा दें तो राजू हफ़्ते में कम-से-कम बीस बार तो शर्मा जी की तुलना ग़ालिब से ज़रूर करता होगा। शनिवार को ये संख्या थोड़ी बढ़ जाती क्योंकि रविवार के लिए दो एक्स्ट्रा सिगरेट भी तो लेने होते थे।

शर्मा जी अब तक बैचलर ही थे। जब कभी यह सोचकर थोड़ा परेशान होते तो राजू उन्हें साफ़ कह देता कि विवाह के बाद उनकी शायरी की धार उतनी तेज़ नहीं रहेगी।

बैचलर होने के तमाम फ़ायदों में एक है–दोस्तों को कभी भी घर पर बुला पाना। हर पन्द्रहवें दिन राजू कवि-सम्मेलन के लिए शर्मा जी के आवास पर आमन्त्रित किया जाता। शर्मा जी के अनुसार इस कवि-सम्मेलन में एक पवित्रता होती क्योंकि यह केवल एक वक्ता और एक श्रोता के बीच चलने वाली गोष्ठी थी।

"कोलाहल में तो फिल्में देखी जातीं हैं राजू, सच्चे मुशायरों में तो शायरों और कद्रदानों की संख्या बराबर होनी चाहिए..."। राजू अक्सर सहमति में सिर हिला देता।

राजू के विशेष अनुरोध पर शर्मा जी मदिरा का भी प्रबन्ध करवा देते। राजू मदिरापान करता हुआ अनायास बीच-बीच में...क्या बात है...क्या बात है..." का स्वर निकालता और शर्मा जी बड़ी बारीकी से अपनी शायरी वाली डायरी में टाइमिंग नोट करते।

शर्मा जी के अनुसार राजू भी एक प्रतिभावान व्यक्ति था। उनकी माने तो राजू ने अगर उनकी तरह डिप्लोमा कर लिया होता तो उनसे बस थोड़ा ही ख़राब लिखता। इसलिए, राजू जिस शायरी पर दाद देता, शर्मा जी उसे अलग से चिन्हित कर लेते। अगले दिन अगर किसी ईमेल-प्रेषक की किस्मत अच्छी रही तो उसे जवाब में शर्मा जी की उन विशेष रचनाओं को पढ़ने का सौभाग्य प्राप्त होता, जिसे पिछली गोष्ठी में राजू की स्वीकृति मिली होती।

यूँ तो शर्मा जी के हृदय में एक विद्रोही भी बसता था, लेकिन वह उचित माहौल के अभाव में ज़रा दबा-दबा-सा रहता था। वैसे भी शर्मा जी हमारे शायर-मिज़ाज, कहाँ उनसे आन्दोलन और उसके चक्कर में जेल की यात्रा हो पाती? लेकिन, जब भी शर्मा जी सामाजिक अन्याय को देख विचलित हो जाते तो एक शायरी कह बैठते।

राजू उस शायरी को ज़बरदस्ती शर्मा जी से फ़ेसबुक पर पोस्ट भी करवा देता और फिर उस पर पूरे तीन लाइक दिलवाने की भीषण ज़िम्मेदारी भी अपने कन्धे पर ले लेता। एक लाइक तो शर्मा जी के कर-कमलों से ही हो जाता और दूसरा राजू कर देता। शाम तक अगर तीसरा न आये तो शर्मा जी ज़रा बेचैन हो उठते। उस बेचैनी में अगर पाँच बज जाये तो राजू भी बेचैन हो उठता, आख़िर उसके सिगरेट पीने का समय जो हो जाता। इस उधेड़बुन में राजू ज़बरदस्ती अपने किसी दोस्त को फ़ोन कर एक लाइक दिलवाता।

लेकिन, यह इतना आसान काम नहीं था, राजू के दोस्त राजू की तरह शायरी के कद्रदान नहीं थे। जो एक-आध लोग शायरी को पसन्द करते भी थे, वो भी शर्मा जी की शायरी को लाइक करने में कतराते थे। जैसे ही कोई लाइक करता, शर्मा जी उत्साहित होकर उसे दिन में पाँच-सात शेर मैसेज कर दिया

करते। ये सिलसिला तब तक चलता जब तक सामने वाला व्यक्ति शर्मा जी को ब्लॉक न कर दे। शर्मा जी बड़े सोच में पड़ जाते, उन्हें लगता कि एक के बाद एक गुणी लोग सोशल मीडिया से दूर क्यों भाग रहे हैं भला, कुछ पल्ले न पड़ने पर सारा दोष 'डेटा प्राइवेसी' के ऊपर मढ़ देते।

ऐसी विपरीत परिस्थिति में भी जब तीन लाइक आ जाये तो शर्मा जी बड़े शायराना अन्दाज़ में कहते–

"राजू, हिन्दुस्तान में अभी भी क्रान्ति के दीवाने मौजूद हैं...ये वीर जो फ़ेसबुक पर पॉलिटिकल पार्टी के पहलवानों से बिना डरे मेरी क्रान्ति की आवाज़ में स्वर मिला रहे हैं, ये समय आने पर शहादत भी देंगे..."।

"ज़रूर देंगे, क्यों नहीं देंगे...", ऐसा कहते हुए राजू एक एक्स्ट्रा सिगरेट भी जलवा लेता।

तुम ही बताओ राजू, भोगवाद ने आख़िर हमें दिया ही क्या है?"

राजू बेचारा सिगरेट के कश को फेफड़े में दबा धीरे से कहता, "कुछ भी तो नहीं"।

"अरे वही तो, लेकिन इन मूर्खों को यह बात कौन समझाए, आख़िर सब तुम्हारी तरह समझदार थोड़े ही न हैं!"

शर्मा जी की तमाम ज़िम्मेदारियों में से राजू की सिगरेट की 'इन्वेंटरी मैनेजमेंट' भी एक बड़ी ज़िम्मेदारी थी। महीने का राशन लेने में भले ही देरी हो जाये, लेकिन राजू के सिगरेट समय पर ख़रीद लिए जाते।

हालाँकि, कभी-कभी शर्मा जी को राजू के तम्बाकू के प्रति इस अपार स्नेह को लेकर थोड़ी चिन्ता भी होती। ईश्वर न करे कि राजू को कुछ हो जाये, लेकिन एक राजू ही तो था जो शर्मा जी के सुख-दुःख में इतने करीब था।

ऑफ़िस के शोर-शराबे में राजू, शर्मा जी के लिए परमशान्ति का एहसास था। वास्तविकता जब बहुत परेशान करने लग जाये तो राजू से बात करके, उन्हें भले कुछ देर के लिए ही सही, पलायन का अनुभव प्राप्त होता। यह अनुभव ठीक वैसा ही होता, जैसा सोकर उठने के बाद किसी को लगता है। नींद क्यों ज़रूरी है, इसकी तमाम वजहों में से एक वजह यह भी है कि नींद वास्तविकता से पलायन का एक बेहतरीन ज़रिया है। अगर दिनभर की चिकचिक झेलने के बाद रात को नींद भी न आये तो समझ लीजिए कि जीवन

की राह कठिन हो चुकी है। तो बस यह समझ लीजिए कि राजू शर्मा जी के लिए नींद के जैसा था।

राजू की जितनी तनख़्वाह थी उसमें से ज़्यादातर हिस्सा तो उसे गाँव भेजने पड़ जाते थे। जो थोड़े-बहुत बच जाते उसमें वो अपना महीने का ख़र्च निकालता। जिस तरह शर्मा जी को राजू की ज़रूरत थी उसी तरह राजू को भी अपने ग़ैर-ज़रूरी ख़र्चों के लिए शर्मा जी की ज़रूरत थी। लेकिन, यह कहना भी उचित नहीं होगा कि इनका रिश्ता केवल और केवल ज़रूरत के आधार पर टिका था।

कभी-कभी शर्मा जी 'एक्जिस्टेंसीएल क्राइसिस' के भी शिकार हो जाते। जीवन के मायने ढूँढ़ने लगते। सब व्यर्थ है यह कहकर किसी फ़कीर की तरह बेपरवाह ठहाके लगाने लगते।

तो फिर कभी यूँ ही, यह भी कह देते कि वे अपने समय से आगे के व्यक्ति हैं और लोग जब तक उन्हें समझ पायेंगे तब तक वे इस दुनिया को छोड़ चुके होंगे। लेकिन, शर्मा जी यह बात दूसरों को साबित कर पाते, ज़िन्दगी ने ऐसा मौका उन्हें कभी दिया ही नहीं और सहकर्मियों की माने तो बड़बोलेपन के अलावा शर्मा जी को कुछ आता भी नहीं था।

जब कैंटीन में बैठे-बैठे सहकर्मी आपस में बातें करते तो अक्सर शर्मा जी का ज़िक्र होता। उनकी मानें तो राजू भी, शर्मा जी से ज़्यादा होशियार था, तभी तो शर्मा जी के नोटों की सिगरेट भी पीता था और शर्मा जी को इसमें कुछ असामान्य भी नहीं दिखता था। सहकर्मी परोक्ष रूप से यह भी कह देते–"राजू और शर्मा जी की बौद्धिक क्षमता एक जैसी ही है, तभी तो दोनों एक-दूसरे के पक्के मित्र हैं।"

यह कहते वक़्त स्वर इतना तेज़ तो ज़रूर होता कि शर्मा जी भी सुन पायें। शर्मा जी मन-ही-मन सोचते–"इन चिबिल्लों को कौन समझाये कि दोस्ती बौद्धिक क्षमता के मिलने से नहीं होती, बल्कि मन के मिलने से होती है।" और इसके बाद एक ठहाका लगा डालते।

ज़ाहिर है कि सहकर्मियों को उनका यह रवैया बिल्कुल भी पसन्द नहीं था। वे चाहते थे कि शर्मा जी बस चिढ़ जायें और उन्हें आनन्द मिल सके, पर उन्हें ज़्यादातर समय निराशा ही मिलती।

अब इतनी परेशानी सहने के बाद सहकर्मी भला चुप कैसे रहते। हर आये दिन शर्मा जी की कोई-न-कोई शिकायत मैनेजमेंट तक पहुँच ही जाती। कभी-कभी तो शर्मा जी को बॉस के केबिन में बुलाया भी जाता और अच्छे से सुनाया भी जाता। शर्मा जी थोड़ी देर मुँह लटकाये कुर्सी पर बैठे रहते, फिर कोई ऐसी शायरी लिख देते जिसमें अपने ग़म को उड़ेल सकें।

मसलन बॉस के ऊपर कटाक्ष करने वाली–

"साहेब को लगता है कि दुनिया वही चलाते हैं...
ऊपर वाले साहेब उनकी इस बात पर ख़ूब हँसते हैं..."

या फिर स्वाभिमान को पुष्ट और अहम् को तुष्ट करने वाली–

"हीरे को अँधेरे में रख,
वे उसे काँच समझ रहे हैं...
हीरे की चमक देखनी है अगर,
तो प्रकाश बन सामने तो आओ..."

इसके कुछ देर बाद शर्मा जी पुनः ख़ुशमिज़ाज रंग ओढ़ लेते।

सच पूछिये तो शर्मा जी नौकरी से बहुत ज़्यादा ख़ुश भी नहीं थे, लेकिन पेट पालने के लिए पैसों की ज़रूरत भी तो होती है और फिर उन्हें कुछ आता भी तो नहीं था।

कुछ वर्षों पहले 'ये जवानी है दीवानी' फ़िल्म देखने के बाद अति-उत्साहित होकर उन्होंने फ़ैसला किया कि वे नौकरी-चाकरी के चक्कर में नहीं पड़ेंगे, क्योंकि उनका जन्म आज़ाद रहने के लिए हुआ है।

तय किया कि वे 'टूरिस्ट गाइड' बनेंगे और लोगों को दुनिया दिखलायेंगे। नौकरी से विश्राम (सेबेटिकल) लेकर चल पड़े टूरिस्ट गाइड बनने। एक 'टूर एंड ट्रेवल्स' की बड़ी-सी कम्पनी में इंटर्नसिप के लिए अप्लाई किया, ताकि पहले कुछ काम सीख सकें।

लेकिन, कुछ दिनों बाद उन्हें लगा कि यहाँ भी वही चिकचिक है जो पत्रकारिता की नौकरी में थी और ऊपर से पैसे भी कम हैं। उन्हें साफ़ दिख रहा था कि एंटरप्रेन्योरशिप के अलावा इस क्षेत्र में अपनी शर्तों पर नहीं जिया जा सकता। इतने रिस्क-टेकिंग तो शर्मा जी कभी थे ही नहीं कि बचत के सारे पैसे 'टूर एंड ट्रेवल्स' कम्पनी खोलने में लगा डालते।

आख़िरकार थक हारकर, पहाड़ों की सैर कर वापिस शर्मा जी ऑफ़िस को लौट आये। इस निराशा के बाद शर्मा जी ने ये उन्मुक्त विचार वाली 'फ्री-विल्लिंग टाइप' फ़िल्में देखना बन्द किया।

उन्हें तब जाकर समझ आया था कि 'गैंग्स ऑफ़ वासेपुर' में गूढ़ और अनुभवी रामाधीर सिंह ने युवाओं को सिनेमा से एहतियात बरतने के लिए क्यों कहा था!

हालाँकि, सिनेमा से याद आया कि शर्मा जी के हृदय में कभी फिल्मों में स्क्रीनराइटर बनने की एक दबी-सी कामना भी हुआ करती थी, लेकिन वे कभी उस ओर पाँव बढ़ाने की हिम्मत ही न कर सके।

अपने केन्द्र में खड़े हो परिधि को अलग-अलग दिशा से देखने के बाद, शर्मा जी ने यह तय किया कि पत्रकारिता ही उनका पैशन है और उनका जन्म पत्रकार बनने के लिए ही हुआ है। उनके बारे में ऐसा ही विश्वास एक और व्यक्ति को था--राजू को।

2

श्री शर्मा जी पूर्व की भाँति ही अपनी पत्रकारिता और शायरी में नित्य नये कीर्तिमान रचे जा रहे थे कि अचानक नियति ने करवट ली। इसकी वजह से शर्मा जी के जीवन में जो उथल-पुथल मची उसकी कल्पना बेचारे शर्मा जी ने सपने में भी नहीं की थी।

बकरे की अम्मा आख़िर कब तक ख़ैर मना पाती। सहकर्मियों ने शर्मा जी को नकारा, निकम्मा, आलसी, मन्दबुद्धि और कामचोर तो पहले से ही घोषित कर रखा था; बीते कुछ दिनों में हमारे शर्मा जी 'नॉन-परफार्मिंग एसेट' के रूप में भी प्रचलित कर दिये गये थे। कुप्रचार इस तरह फैल गया कि मैनेजमेंट को भी यह साफ़-साफ़ दिखने लगा कि शर्मा जी इस मीडिया कम्पनी के लिए एसेट नहीं, बल्कि लायबिलिटी हैं। गर्दन-काटू व्यापार (कट-थ्रोट बिज़नेस) के इस दौर में ऐसे लोगों को कौन काम पर रखता है भला!

तो ऐसे में अब शर्मा जी के प्रस्थान का समय भी आ चुका था...बॉस ने शर्मा जी को केबिन में बुलाया। जाते वक़्त शर्मा जी हर बार की तरह सड़ी हुई शक़्ल बनाकर अन्दर घुसे। उन्हें तो यही लगा था कि हर बार की तरह इस बार भी थोड़े कड़वे बोल सुनाये जायेंगे और अन्त में शर्मा जी "सॉरी सर, इट वोन्ट हैप्पेन एगेन..." कहकर वापस लौट आयेंगे...अगर तनाव ज़्यादा बढ़ जायेगा तो लौटकर एक कविता लिख देंगे और सब-कुछ सामान्य हो जायेगा।

लेकिन, इस बार घटनाक्रम थोड़ा परिवर्तित हो चुका था। बॉस ने डाँट की बजाय मधुर स्वर में बात शुरू की और अन्त में प्यार से नौकरी के टर्मिनेशन लेटर (समाप्ति पत्र) वाला लिफ़ाफ़ा उनके हाथों में थमा दिया।

शर्मा जी ने पत्र खोलकर देखा तो उसमें साफ़-साफ़ लिखा पाया, "आपको आपकी सेवाओं से मुक्त किया जाता है..."। चूँकि बेचारे बिना नोटिस के निकाले जा रहे थे तो इसलिए साथ में एक महीने की अग्रिम तनख़्वाह भी दी जा रही थी।

यह सब इतनी जल्दबाज़ी में हुआ कि शर्मा जी भौचक्के से रह गये, कुछ समझ ही न पाये। कछुए की चाल में बॉस के केबिन से बाहर निकले, मानो स्वयं को घसीटते हुए ला रहे हों। बाहर आकर देखा तो सारे सहकर्मी चेहरे पे कुटिल चवन्नी मुस्कान पसराये बैठे थे। ऐसा लग रहा था जैसे सबको इसकी ख़बर पहले से ही थी, केवल शर्मा जी ही अब तक शुतुरमुर्ग की तरह अपनी गर्दन रेत में घुसाये बैठे थे।

शर्मा जी ने राजू की ओर देखा और राजू ने शर्मा जी की ओर। फिर शर्मा जी ने शर्म से आँखें नींचे कर ली और राजू ने शर्मा जी की लज्जा का सम्मान रखने के लिए अपनी आँखें फेर लीं। शर्मा जी का चेहरा पीला पड़ चुका था, ठीक वैसे जैसे कि किसी जॉन्डिस से ग्रस्त रोगी का हो जाता है।

'काटो तो ख़ून नहीं' वाली स्थिति में चुपचाप शर्मा जी अपने डेस्क की कुर्सी पर बैठ गये। कानों में सहकर्मियों की निन्दनीय टिप्पणियाँ भी सुनाई दे रहीं थीं।

"ये तो बहुत देर हो गयी मैनेजमेंट को समझते हुए, वरना यह काम तो बहुत पहले ही हो जाना चाहिए था...अरे ऐसे इंकंपेटेंट लोग ही संस्था का नाम ख़राब करते हैं...सही है, सफ़ाई ज़रूरी थी...बस इसकी जगह पर इसके जैसा ही किसी और को न ले आयें...अरे, कैसे ले आयेंगे अब हम भी तो दबाव डालेंगे..."।

ये सारी बातें सुनकर शर्मा जी का स्वाभिमान इस स्तर पर डगमगा गया कि मानो चप्पल से बस एक इंच ही ऊपर हो। शर्मा जी किंकर्तव्यविमूढ़ हो चुके थे, आगे क्या करना है कुछ पता ही नहीं।

थोड़ी देर बाद राजू नीचे जाकर बिस्किट वाले से एक खाली कार्टून माँग कर लाया और शर्मा जी को चुपचाप थमा दिया। शर्मा जी उसमें अपना सामान समेटने लगे। कुमार विश्वास की 'कोई दीवाना कहता है' वाली किताब, अपनी नज़्मों वाली डायरी, कुछ रफ़ पन्ने, कलम, कुछ ज़रूरी दस्तावेज़ और

सिगरेट के डब्बे। लेकिन, फिर थोड़े रुके और सहसा सिगरेट के डब्बे निकाल कर उन्होंने राजू के हवाले कर दिये।

ज़ाहिर है कि राजू के अलावा कोई उन्हें नीचे तक छोड़ने भी न आया। आँखे नींची कर, मुँह लटकाये, युद्ध से नकारे हुए किसी योद्धा के समान शर्मा जी ऑटो-रिक्शा में बैठकर चुपचाप अपने आवास को निकल पड़े।

रास्ते में शर्मा जी को ऐसा लगा मानो वे पूरे संसार में अकेले ही हो। आसपास कुछ भी नहीं दिख रहा था–न ड्राइवर, न ऑटो, न सड़क, न ठेलेवाले, न सफाईकर्मी, न ही सुन्दर परिधानों में विचरण करती युवतियाँ (जिन पर शर्मा जी की नज़र तो पड़ती ही पड़ती थी)...कुछ भी नहीं। शर्मा जी को अपना शरीर तक भी नहीं दिख रहा था, मानो वो बह्मज्ञान को प्राप्त हो जड़ की अवस्था को छोड़ चेतन की अवस्था में पहुँच चुके थे।

लेकिन, संसार से हारे हुए व्यक्तियों को इतनी सरलता से ब्रह्मज्ञान भी कहाँ मिलता है! ऑटो वाले ने ब्रेक लिया तो शर्मा जी की तन्द्रा टूटी। सिर उठाकर देखा तो अपने आवास को पहुँच चुके थे। अचानक वही पुराना घर आज अजीब लग रहा था। शर्मा जी को महसूस हुआ कि आज उनका घर ही उन्हें ऐसे घूर रहा था जैसे शर्मा जी अब उस मेहमान की श्रेणी में आ गये हों, जो एक बार घर में क़दम रखने के बाद अनिश्चितकाल तक पैर जमाये बैठे रहते हैं। शर्मा जी ने चुपचाप अपने ही घर में सकपकाये से चोर की भाँति भीतर प्रवेश किया। खिड़की तक न खोली, बल्ब भी न जलाया, केवल चुपचाप सोफ़े पर धँस गये।

शर्मा जी को आज परिवार की कमी बहुत खल रही थी। माता-पिता तो कुछ वर्षों पहले ही गुज़र गये थे। एक भाई था जिसका शर्मा जी के साथ कभी कोई रिश्ता बना ही नहीं। भाई की नज़र में शर्मा जी से बड़ा नाकारा कोई दुनिया में नहीं, वहीं शर्मा जी की मानें तो भगवान उनके भाई जैसा धूर्त भाई किसी को न दें। पिछली बार दोनों की मुलाकात माँ के श्राद्ध पर ही हुई थी। वहाँ इस बात पर झगड़ उठे कि अन्तिम चिता को अग्नि कौन देगा? कौन अग्रज था और कौन अनुज, इस बहस में हम नहीं पड़ेंगे...और यह ज्ञात करना भी मुश्किल ही होगा क्योंकि शर्मा जी स्वयं को जवान सिद्ध करने के चक्कर में कभी अपनी सही जन्मतिथि नहीं बतलाते थे।

परिवार के अलावा भी लोगों के कई दोस्त-यार भी होते हैं...लेकिन शर्मा जी का सानिध्य प्राप्त कर पाना हर किसी के सौभाग्य में नहीं था...इसलिए उस दिन कोई उनका हाथ थामने नहीं आया। कोई ऐसा जो सान्त्वना दे सके या उत्साहवर्धन ही कर दे...कोई भी तो नहीं था ऐसा। घुप्प अँधेरे में बैठे शर्मा जी चुपचाप शून्य की ओर ताकते रहे। जो धक्का खाकर आज वे लौटे थे, वह इतना बड़ा था कि उनकी शायरी भी उन्हें सँभालने में असमर्थ थी।

आने वाले कुछ दिन हताशा से भरे पड़े थे। शर्मा जी ने खान-पान पर भी ध्यान देना बन्द कर दिया था। कहीं और जाकर नौकरी ढूँढ़ने की हिम्मत भी उनमें कहाँ बची थी! बस बैठे-बैठे 'भविष्य में क्या होगा?' इसी सोच में डूबे हुए समय बिताते। देखा जाये तो डिप्रेशन के क्लासिक केस हो चुके थे। सूरज की किरणों से विशेष बैर कर लिया था। सारे पर्दे गिरा रखे थे। दिन में सोते और रात को जागते।

एक रात शराब ख़रीदकर ले आये और बेलगाम पीने लगे। हालाँकि, ख़रीदी तो कई बार थी, लेकिन पी पहली बार रहे थे, इसलिए नशे को सँभाल ही न पाये। बड़बड़ाते हुए फ़र्श पर ही लेट गये। देर रात जब कस कर पेशाब लगी तो उठकर बाथरूम की ओर भागे। अँधेरे में किसी चीज़ से पैर टकराया और ऐसे गिरे कि अपने होंठ ही फोड़वा लिए। सुबह के तीन-चार बज रहे होंगे जब उनकी दर्द से बिलबिलाती आवाज़ पड़ोसियों के कानों तक पहुँची। उनमें से एक सज्जन बुज़ुर्ग दम्पति करुणावश इनके दरवाज़े पर आये। टॉर्च जलाने के बाद उन्होंने जो वीभत्स दृश्य देखा, उंस पर विश्वास न कर सके।

पड़ोसियों के बीच सज्जन छवि वाले शर्मा जी, आज अपने ही मूत्र पर लेटे हुए, फ़र्श को ख़ून से लाल किये जा रहे थे...कमरा शराब की बदबू से भरा हुआ था...चारों तरफ़ चीज़ें बिख़री पड़ीं थीं। उन्होंने जब शर्मा जी की यह स्थिति देखी तो घबराहट के मारे 'क्या करें' समझ ही न पाये। कुछ और लोगों को आवाज़ लगाई। किसी तरह से फर्स्ट-एड बॉक्स में से बैंडेज-पट्टी निकालकर ख़ून को रोकने का प्रयास किया गया। सुबह डॉक्टर साहब को बुलाया गया। डॉक्टर ने दनादन तीन-चार सुइयाँ शर्मा जी के नितम्ब में ठोंक दी। उनमें से कुछ तो इन्फेक्शन न हो जाये इसके लिए, कुछ घाव सूखने के लिए, तो कुछ दर्द से छुटकारे के लिए थे।

अगले चार दिनों तक शर्मा जी केवल 'लिक्विड डाइट' पर ही रहे। ग़लती से भी चबाने की कोशिश करते तो होंठ से लहू निकल आता। बड़ी मुश्किल में थे बेचारे। पिछले कुछ दिनों से जो मानसिक कष्ट झेल रहे थे, अब वो शारीरिक कष्ट में तब्दील हो चुका था।

इसी बीच पड़ोसियों में से किसी ने शर्मा जी की दुर्दशा की ख़बर दफ़्तर तक पहुँचा दी। वहाँ बाकियों ने तो चुटकियाँ ही ली, लेकिन राजू बेचारा, शर्मा जी की अवस्था जानकर बड़ा आहत हुआ।

इधर शर्मा जी के दिये हुए सिगरेट के पैकेट भी ख़त्म हो चुके थे और उधर ऑफ़िस में कोई उससे सीधे मुँह से बात करने वाला भी नहीं बचा था तो जोश-जोश में उसने इस्तीफ़ा ही दे मारा। हालाँकि, इस्तीफ़े की प्रमुख वजह कुछ और थी...वैसे भी राजू कई दिनों से गाँव शिफ़्ट होना चाह रहा था। अब शहर में उसका जी नहीं लगता था। वो तो शर्मा जी थे, उनके द्वारा प्रदत्त मुफ़्त के सिगरेट थे और उनकी मदिरा थी, जिसके सहारे राजू पिछले कई महीनों से शहर में टिका हुआ था, वरना तो वो कब का काम छोड़ गाँव भाग जाता।

अगले दिन राजू, शर्मा जी से मिलने उनके घर आया। शर्मा जी की अवस्था को देख राजू थोड़ा उद्विग्न हो गया, केश और दाढ़ी बढ़ चुके थे... चोट की वजह से मुँह भी फूला-फूला सा लग रहा था...आँखों के नीचे डार्क-सर्कल्स साफ़ दिख रहे थे। शर्मा जी बेचारे सकुचाये से, नज़र मिलाने में भी स्वयं को असमर्थ पा रहे थे।

जब राजू ने बताया कि उसने काम से इस्तीफ़ा दे दिया है, तो शर्मा जी थोड़े अचम्भित तो ज़रूर हुए, लेकिन उन्होंने कोई प्रतिक्रिया नहीं दी। राजू ने यह भी बतलाया कि वो कई दिनों से उन्हें कॉल करने की कोशिश कर रहा था, लेकिन उनका फ़ोन स्विच्ड ऑफ़ आ रहा था, जिस पर शर्मा जी अचानक अपना फ़ोन ढूँढ़ने लगे। दरअसल कई दिनों से शर्मा जी को अपने मोबाईल फ़ोन की सुध ही नहीं थी।

खिड़की-दरवाज़े बन्द रहने की स्थिति में सारा घर बदबू दे रहा था। राजू ने खिड़की खोले और पंखे चालू कर दिये। राजू साफ़ देख पा रहा था कि शर्मा जी शारीरिक रूप से भी कमज़ोर हो चुके थे। पूछने पर शर्मा जी ने बताया कि अब

उन्हें खाने की इच्छा ही नहीं होती। उनकी यह हालत देखकर पता नहीं राजू के मन में क्या आया कि उसने शर्मा जी को गाँव साथ चलने का न्योता दे डाला।

शायद उसने सोचा होगा कि उस वक़्त शर्मा जी को अगर अकेला छोड़ दिया गया तो उनका ज़िन्दा बचना मुश्किल था, इसलिए उन्हें कुछ महीनों के लिए गाँव में साथ रखना ही उचित होगा; और फिर राजू को किसी-न-किसी दिन शर्मा जी का उपकार भी तो चुकाना ही था। थोड़े मान-मनव्वल और शुरुआती हिचकिचाहट के बाद शर्मा जी भी अन्ततः साथ चलने को तैयार हो ही गये।

शाम तक नाई को घर बुलवाकर शर्मा जी का हुलिया ठीक करवाया गया और ज़रूरत के कुछ समान भी पैक किये गये। इसी बीच राजू भी अपने किराये के मकान का हिसाब बराबर कर, अपना सारा सामान समेटकर शर्मा जी के घर ही चला आया। चूँकि साँझ ढल चुकी थी, इसलिए तय हुआ कि कल सबेरे की बस पकड़कर राजू के गाँव को निकलेंगे।

राजू ने आग्रह किया कि आज की रात को पुनः पुराने दिनों की स्मृति में कवि-सम्मेलन का आयोजन किया जाये। अन्य बार के विपरीत शर्मा जी इस बार थोड़े असहज थे, लेकिन फिर भी शायरी के प्रति अपने विशेष प्रेम को भला कैसे और कब तक दबा पाते?

राजू के विशेष अनुरोध पर मदिरा का भी प्रबन्ध किया गया। अन्य बार से विपरीत आज की गोष्ठि में कुछ पड़ोसियों को भी आमन्त्रित किया गया। एकाध पड़ोसियों को छोड़कर बाकी बेचारे मदिरा के सेवन से तो दूर ही रहे, लेकिन शर्मा जी की नज़्मों, गज़लों को जी भर सराहा। इतनी वाहवाही शर्मा जी को शायद ही कभी मिली थी। गोष्ठि ख़त्म होते-होते शर्मा जी का चेहरा पहले की भाँति पुनः आत्मविश्वास से दमक रहा था। राजू इस बात से सन्तुष्ट हुआ कि आख़िरकार शर्मा जी का ख़ुशमिज़ाज रंग वापस आ चुका था।

चूँकि गोष्ठि थोड़ी लम्बी खींच चुकी थी, इसलिए रात को तीन-चार घण्टे की ही नींद नसीब हुई। लेकिन, फिर भी सुबह दोनों फ्रेश ही लग रहे थे। शर्मा जी तो वैसे भी पिछले कुछ दिनों से ज़्यादातर सोये ही रहते थे, इसलिए उनके नींद का कोटा सरप्लस में ही चल रहा था। वहीं राजू 'पक्का खिलाड़ी' होने की वजह से युवाओं के चोंचले यानी कि 'हैंगओवर' नामक दशा से कोसों

दूर था। नहाने-धोने के बाद कुछ नाश्ते का प्रबन्ध किया गया। फिर ऑटो बुलाया गया। फिर उस पर सामान लादे गये। सबेरे-सबेरे इंजन को गर्म होने में भी समय लग जाता है, इसलिए ऑटो शुरुआत में विरोध प्रदर्शित करता नज़र आया...लेकिन कुछ समय बाद चुपचाप बस स्टैंड की ओर चल पड़ा।

आज की स्थिति पिछली बार से अलग थी, आज ऑटो में बैठे-बैठे शर्मा जी को जड़ भी दिख रहा था और चेतन भी। उनके मन में एक अज़ीब-सी उम्मीद की लहर दौड़ रही थी–ऐसा बरसों में कभी नहीं हुआ था। शायद पिछली बार शर्मा जी को ऐसा तब महसूस हुआ होगा जब कॉलेज के दिनों में उन्होंने अपनी पहली शायरी किसी महिला-मित्र को सुनाई होगी।

वो साफ़ देख पा रहे थे कि उस समय उठी वह कुलबुलाहट (कि पता नहीं शायरी अच्छी लगेगी या नहीं) और अभी की यह कुलबुलाहट (कि आने वाले दिन उनके हिस्से में क्या लेकर आने वाले हैं), इन दोनों में मूलत: कोई अन्तर नहीं था।

इस कुलबुलाहट के बावजूद भी मन में एक विचित्र शान्ति थी–वैसी शान्ति जो किसी शहरी व्यक्ति को तब महसूस होती है जब वो छुट्टियों में पहाड़ और वादियाँ घूमकर आता है। इसके अतिरिक्त मन में उमंग का एक प्रवाह हो रहा था, मानो शर्मा जी के जीवन का कोई नया अध्याय शुरू होने वाला हो...ऐसा अध्याय जो मनुष्य को आम से ख़ास बनाता है...ऐसा अध्याय जिसके ख़त्म होते-होते नायक की जो स्वयं को लेकर धारणा है वो भी पूर्ण रूप से बदल जाती है। जैसे पतझड़ के बाद बसन्त के आगमन का संकेत हवाओं में दिखने लगता है, उसी तरह शर्मा जी के जीवन रूपी पतझड़ में भी नव बसन्त के आगमन का संकेत स्पष्ट नज़र आ रहा था।

3

बस स्टैंड निकट ही था और वैसे भी महानगरों में सुबह-सुबह सड़कें खाली ही मिलती हैं। जी हाँ, मैंने पटना को भी महानगर की श्रेणी में ही रखा है–इसलिए नहीं कि मैं बिहारी हूँ...बल्कि इसलिए कि अतीत के गौरव को वर्तमान में भी ज़िन्दा मानने वाला ढीठ हूँ।

कुछ पन्द्रह मिनट ही बीते होंगे और दोनों जन बस स्टैंड पहुँच भी चुके थे। सामने एक खटारा सरकारी बस, पूरे शानोशौकत के सांथ खड़ी थी। बस को पूरी तन्मयता के साथ स्नान कराया जा रहा था, मानो किसी शाही यात्रा को निकलने वाली हो।

बगल में सीमेंट का एक प्लेटफार्म बना हुआ था जहाँ यात्रीगण अपने घुटनों के ऊपर अपनी ठुड्डियाँ टिकाये बैठे थे। उनमें से ज़्यादातर तो नींद में ही थे, बस बीच-बीच में आँखें खोलकर तसल्ली कर लेते कि उनका बहुमूल्य सामान सुरक्षित है अथवा नहीं।

शर्मा जी और राजू भी वहीं बगल में नितम्ब टिकाकर बैठ गये। क़रीब बीस मिनट बाद सामान लादने की प्रक्रिया शुरू हुई। यात्री कम थे और सामान ज़्यादा। हर यात्री कम-से-कम अपने वज़न का दोगुना बोझ लेकर निकला था। बस की छत पर जब उन्हें लादा गया तो उस बेचारी पुरानी बस की ऊँचाई पहाड़ीनुमा हो गयी।

खैर, सारे पैसेंजर टिकट कटवाकर अन्दर घुसे। अब यहाँ शर्मा जी ने थोड़ी चालाकी खेल ली–'उल्टी की शिकायत रहती है', ऐसा कह कर खिड़की से सटी हुई सीट पर आसीन हो गये। राजू उनकी होशियारी देख मन

ही मन थोड़ा भन्नाया, लेकिन शर्मा जी की तबीयत का लिहाज कर उनके बगल में बैठ गया।

अब समय था ड्राइवर की वाहन-पूजा का। अगरबत्तियाँ जलाई गयी। मन ही मन कुछ मन्त्र भी बुदबुदाये गये। चालक महोदय की श्रद्धा-भक्ति देख यात्री भी प्रेरित होकर अपने-अपने धर्मों के इष्टदेवों का स्मरण करने लगे। शर्मा जी वैसे तो स्वयं को नास्तिक कहते, लेकिन बस की हालत देखकर उन्होंने कोई रिस्क लेना उचित नहीं समझा।

इसी बीच ड्राइवर ने चाभी मारी। बस भले पुरानी थी, लेकिन थी दमदार। सिंहनी की तरह नाद करते हुए चल पड़ी। फिर क्या था, सारे यात्री निश्चिन्त हो कर अपनी-अपनी गतिविधियों में व्यस्त हो गये। बस में ज़्यादातर लोग मज़दूर वर्ग के थे। शायद कुछ पैसे कमा कर गाँव को लौट रहे होंगे।

कुछ दूर बाद पेट्रोल पम्प दिखा। बस को रोका गया। टैंक फुल करवाया गया। कुछ लोग इस नायाब मौक़े का फायदा उठाने से नहीं चूके। नीचे उतर कर अपनी-अपनी ज़रुरत के हिसाब से स्टॉक भर लिए...और इस तरह तम्बाकू और पान मसाला की गन्ध ने अगरबत्ती के ऊपर विजय हासिल की।

लगभग आधे घण्टे बाद बस शहर की सीमाओं को छोड़ हाईवे पर आ चुकी थी। खिड़की के बाहर, बदलते परिदृश्य शर्मा जी के लिए किसी थेरेपी का काम कर रहे थे। पीछे छूटते पेड़-पौधों को देखते-देखते वे यादों की दुनिया में पहुँच जाते। कभी मुस्कुराते तो कभी गम्भीर हो जाते। उनके चेहरे की मुद्राओं को बदलता देख राजू इशारे से कारण पूछता। शर्मा जी सिर हिलाते हुए बस मुस्कुरा देते। कुछ देर बाद राजू की भी आँख लग गयी। जाड़े का महीना था, इसलिए हल्की धूप भी सबको भा रही थी।

बीच-बीच में बस रोक दी जाती और कुछ लोकल पैसेंजर बिठा लिए जाते। ऐसे ही एक मोड़ पर चार-पाँच लोग एक साथ चढ़े। राजू निश्चिन्त हो, पैर फैला कर ऊँघ ही रहा था कि आपाधापी में किसी ने उसके उँगलियों पर अपने जूते रगड़ दिये। राजू बाप-बाप करता हुआ उठा। आदतन उसने दो-चार गाली भी दे डाली। फिर शर्मा जी की ओर उसने ऐसी निगाहों से देखा मानो शर्मा जी ही इस गम्भीर अपराध के कुसूरवार हों। आख़िर शर्मा जी ने खिड़की

वाली सीट जो हथिया ली थी। लेकिन, शर्मा जी ने जवाब में ऐसे आँखें मूँदी मानो क्षणभर में योगनिद्रा को प्राप्त हो गये हों।

अब तीन-चार घण्टे बीत चुके थे। ड्राइवर ने एक ढ़ाबे पर बस को रोका। खलासी ने फ़रमान सुनाया, "आधे घण्टे में जिसे जो खाना हो, खा पी लें... अब बस सीधे गन्तव्य पर जाकर ही रुकेगी।"

सारे यात्री हड़बड़ाते हुए नीचे उतरे। शर्मा जी और राजू भी अकड़ी हुई कमर को सीधी करने का प्रयास करते हुए ढ़ाबे पर पहुँचे।

ढाबा अपने आप में अनोखा था। इसे विलेज थीम पर डिज़ाइन किया गया था। टेबल-कुर्सी के बदले चारपाइयाँ लगी हुईं थीं। बल्ब के बदले लालटेन लटकाये गये थे। एक बोर्ड लगा था जहाँ यह दावा किया गया था कि सारी सब्ज़ियाँ ढाबे के पीछे स्थित फार्म में उगायी जाती हैं। मिट्टी से बने विशाल चूल्हों पर खाना पकाया जा रहा था। ढाबे के बीचोंबीच एक कुँआ सरीखा वाटर टैंक बनाया गया था। ज़मीन पर रंगोलियाँ सजी हुईं थीं।

शर्मा जी ये सब देख कर थोड़े हैरान-से हो गये। अभी चारपाई पर दोनों बैठे ही थे कि एक वेटर ऑर्डर लेने आया। वेटर की पोशाक भी ढ़ाबे की थीम से पूरी तरह मैच कर रही थी–कुर्ता-पायजामा और गमछा। शर्मा जी ने आर्डर तो किया, लेकिन कौतूहलतावश पूछताछ भी करने लग गये, आख़िर पत्रकार जो ठहरे!

वेटर ने बताया कि दूसरी ओर काउंटर पर जो मैडम बैठीं हैं, ये सब उन्हीं के विचारों की उत्पत्ति है...चाहें तो पेमेंट के दौरान उनसे बातें कर लें। शर्मा जी सहमत हुए।

भोजन भी स्वादिष्ट था। राजू भोजन पर इस तरह से टूट पड़ा जैसे दो रात का भूखा हो।

"शर्मा जी आपको तो बस में उल्टी होने की शिकायत रहती है न, इसलिए आप थोड़ा कम ही खाइये!", राजू ऐसा कहते हुए शर्मा जी की थाली से झटपट दो रोटी और आधी पनीर की सब्ज़ी उड़ा ले गया।

शर्मा जी मन ही मन कुपित तो हुए, लेकिन चुप भी रहे क्योंकि एक भी ग़लत वक्तव्य उन्हें खिड़की वाली सीट से वंचित कर सकता था।

खाने के बाद राजू हाथ-मुँह धोकर सीधे बस में चढ़ गया। शर्मा जी अपना बटुआ टटोलते हुए पेमेंट करने पहुँचे। चूँकि ज़्यादातर यात्रियों ने घर से लाये हुए भोजन को ही प्राथमिकता दी, इसलिए पेमेंट काउंटर पर भीड़ भी कम ही थी।

कुर्सी पर कोई युवती बैठी हुई थी जो नीचे झुककर, फ़र्श पर गिरा कुछ उठाने का प्रयास कर रही थी। व्यक्तित्व से सहज शर्मा जी ने उनका ध्यान आकृष्ट करने के लिए एक खखार लगाई । युवती ने सहसा ऊपर देखा। फिर, थोड़ी देर तक युवती शर्मा जी को, और शर्मा जी युवती को एकटक देखते रह गये।

यह देवी जी कोई और नहीं, बल्कि शर्मा जी के कॉलेज की वो महिला-मित्र थीं, जिन्होंने शर्मा जी के मस्तिष्क में शायरी के बीज को बोया था।

"अरे रोहिणी तुम, तुम तो कॉलेज के बाद एम.बी.ए. करने चली गयी थी न...", शर्मा जी याददाश्त पर ज़ोर देने का नाटक करते हुए बोले।

"फिर इधर ढाबे में कैसे?"

रोहिणी बोली, "हाँ, एम.बी.ए. के लिए गयी तो थी, लेकिन उसके बाद फिर मैंने एंटरप्रेन्योर बनना तय किया..."

"तुम तो बड़े पत्रकार बन गये थे, फिर इस खटारा बस में यात्री बन कहाँ निकल पड़े?", रोहिणी हँसते हुए पूछी।

"बस पत्रकारिता के सिलसिले से ही ग्रामीण भारत की सैर पर निकला हूँ", शर्मा जी अपना सम्मान बचाने के चक्कर में झूठ बोल गये।

फिर आगे बात बदलते हुए कहने लगे, "अच्छा, ये सब अकेली ही चलाती हो या..."।

"ज़्यादातर अकेले ही, लेकिन कभी-कभी हसबैंड भी साथ दे देते हैं", रोहिणी बोली।

"अच्छा, तो शादी कर ली तुमने!", शर्मा जी आश्चर्य प्रकट करते हुए बोले।

"क्यों, तुम अब तक कुँवारे ही हो?", रोहिणी ने दूने आश्चर्य से प्रश्न किया।

"बात चल रही है एक जगह", शर्मा जी पुनः आत्मसम्मान का लिहाज़ करते हुए धीरे से बोले।

राजू बस की खिड़की से इस वार्तालाप को दूर से ही देख रहा था। उसे लगा कि शायद रोटी के हिसाब को लेकर कुछ बहस चल रही है। शर्मा जी को ये चतुर महिला मूर्ख न बना दे, इस नेक विचार के साथ राजू बस से कूदा।

"क्या हुआ शर्मा जी, हिसाब में कोई दिक्कत हो रहा है का? पैसा दीजिए और चलिए, काहे महाभारत पसराये हुए हैं?", गाँव को क़रीब देख राजू की भाषा भी गाँव की शैली में ढलने लगी थी।

"ये सज्जन तुम्हारे साथ काम करते हैं?", रोहिणी ने हैरानी जताते हुए प्रश्न किया।

इससे पहले कि शर्मा जी कुछ उत्तर देते, राजू तपाक से बोला, "साथ काम करते थे, लेकिन अब दोनों बेरोज़गार हैं...हमने इस्तीफ़ा दिया है और इन्हें निकाला गया है!"

इतना सुनने मात्र की देरी थी कि शर्मा जी शर्म से लाल हो गये। छुट्टे पैसे बिना लिए ही चुपचाप निकल पड़े और सीधे बस में सवार हो कर ही दम लिया।

"अरे क्या हो गया, कुछ ग़लत बोल दिये का?", राजू भी बुदबुदाते हुए बस पर सवार हुआ। लेकिन, मौके की नाज़ुकता को देख, राजू ने भी शर्मा जी की तरह मौन धारण कर लिया।

थोड़ी देर बाद बस पुनः गतिमान थी। शर्मा जी पुनः बीते हुए कल की यादों में खोये थे। राजू पुनः ऊँघ रहा था। सहयात्री पुनः अपने-अपने कार्य में व्यस्त थे। कंडक्टर पुनः एक्स्ट्रा आमदनी के चक्कर में एक्स्ट्रा यात्री ठूँसे जा रहा था। ड्राइवर पुनः खैनी का रस चूसते-चूसते, पुरानी खटारा बस को शताब्दी एक्सप्रेस मानकर एक्सीलेरेटर पर सारा वज़न दिये जा रहा था। हवा में पान और गुटखे की महक बरकरार थी।

इन सब के बीच शर्मा जी सोच रहे थे कि पूरे ब्रह्माण्ड में वे ही असफल ठहरे, बाकी सारे सफलता की सीढ़ी चढ़ रहे हैं। चढ़ क्या रहे हैं, आगे भी निकल चुके हैं। रोहिणी जिस आत्मविश्वास से लबरेज़ थी, उसे देख शर्मा जी हीनता से भर चुके थे। और फिर कुछ देर पहले ही हुई आत्मसम्मान की नृशंस हत्या से उभरने में उन्हें थोड़ा वक़्त तो लगता ही। लेकिन, वास्तविकता तो उस

सूरज की तरह है, जिसे छुपाना बहुत मुश्किल है–ऐसा मान कर वे अपने हृदय को तसल्ली देने की कोशिश कर रहे थे।

वर्तमान का सामना करना कितना आसान होता है अगर भूत के बोझ और भविष्य की उलझन से दूरी बन जाये। लेकिन, यह व्यावहारिक चुनौतियों की वजह से इतना आसान भी नहीं है। शर्मा जी के मामले में वे अपने भविष्य को लेकर तो स्वयं कुछ नहीं जानते थे; केवल भूत के बोझ तले दबे हुए थे।

दुःख और निराशा के विषय में एक अजीब बात यह है कि ये कभी अकेले नहीं आतीं। अब शर्मा जी को केवल रोहिणी परेशान नहीं कर रही थी, बल्कि वे सारे लोग और वे सारे क्षण जिनमें उन्हें निराशा हाथ लगी थी–वे सब के सब एक-एक कर स्मृति-पटल पर उभर रहे थे।

इसके अलावा यह प्रक्रिया लीनियर नहीं, बल्कि साइक्लिक होती है। आप उम्मीद करते हैं कि आप एक बार रो लेंगे फिर सब ठीक हो जायेगा, लेकिन ऐसा होता नहीं है। दुःख तब तक ख़त्म नहीं होता जब तक मन किसी दूसरी दिशा में बहना शुरू न कर दे। ऐसी स्थिति में सबसे बड़ी ग़लती होती है स्वयं को किसी कमरे में बन्द कर लेने में। ऐसे में मन का बहाव किसी अन्य दिशा में हो जाये, यह लगभग नामुमकिन होता है–अपवाद, अगर आप ध्यान की प्रक्रिया में निपुण हों।

शर्मा जी के मामले में राहत की बात यह थी कि बेचारे यात्रा पर थे और यात्रा में मन के लिए कई विषय उपलब्ध होते हैं, इसलिए दुःख से छुटकारा भी शीघ्र ही प्राप्त हो जाता है। सूरज ढ़लने लगा था। क्षितिज में लालिमा छा गयी थी। चिड़ियों का समूह वापस अपने घोसलों की ओर लौट रहा था। शायर श्री शर्मा के मन में एक विचार आया–

"गर्त में डूबे हो पर जोश अब भी कम नहीं तुममें...
हरे मैदानों पर टहलने का जुनून कहीं बाकी है।"

"बस अब गाँव पहुँचने ही वाली है, शर्मा जी!", राजू ने चुप्पी तोड़ते हुए कहा।

थोड़ी दूर हाईवे पर एक बाईपास के निकट बस रुकी। शर्मा जी और राजू के सामान भूमि पर रखे गये और फिर बस अपने अगले गन्तव्य की ओर निकल पड़ी।

"यहाँ तो कोई गाँव नहीं दिख रहा?", शर्मा जी इधर-उधर नज़र घुमाते हुए बोले।

"बाईपास से नीचे उतरने के बाद थोड़ी दूर पर दिखेगा। पैदल ही चलना होगा। बीस-बाईस मिनट में पहुँच जायेंगे। लाइये, वज़नदार चीजें मैं उठा लूँ।", राजू हाथ बढ़ाते हुए बोला।

फिर क्या था, दोनों निकल पड़े! शर्मा जी कई वर्षों बाद इतनी हरियाली देख रहे थे। इसी बात से प्रसन्न थे कि कम-से-कम कुछ दिनों तक साँस लेने को शुद्ध हवा तो मिलेगी, वरना PM 2.5 और PM 10 वाली हवा लेते-लेते फेफड़ों की जान निकल जाती है।

"थोड़ा आस-पास देख के चलिएगा! साँप-बिच्छु भी रहता है इधर। ग़लती से लात पड़ गया तो दिक्कत हो जायेगा। समझे न?", राजू हिदायती स्वर में बोला।

"बिजली नहीं रहती क्या तुम्हारे गाँव में?"

"रहती है। कभी-कभी रहती है। दरअसल क्या है कि यहाँ लोग बिजली बिल नहीं भरते। ऊपर से कुछ लोग हीटर-विटर चलाकर ट्रांसफॉर्मर का फ्यूज़ भी उड़ा देते हैं। इसलिए थोड़ी समस्या हो जाती है। लेकिन विधायक जी का गाँव है, इसलिए बिजली विभाग दबाव भी नहीं बना पाता है। आख़िर वे बाहुबली जो ठहरे!", राजू समझाते हुए बोला।

"ख़ैर अब आप यहाँ आ ही गये हैं तो सब समझ ही जायेंगे। आगे से दायें मुड़ना है, पतली गली की ओर!"

"हाँ वो तो है। लेकिन मेरा समय कैसे बीतेगा यहाँ?", शर्मा जी ने पूछा।

"समय तो यूँ ही बीत जाता है, गाँव में। जो हम करेंगे आप उस में हाथ बँटा दीजियेगा। और आप ये सब उतना मत सोचिये। आप बस ये मान कर चलिए कि आप सैर को निकलें हैं। ठीक है न?", राजू बोला।

"और हाँ, वो सिगरेट और शराब वाली बात घर में मत बोलिएगा।", राजू ज़ोर देते हुए बोला।

"और तुम भी मेरे बारे में सबके सामने मुँह मत फाड़ देना। मैं कल भी पत्रकार था और आज भी पत्रकार हूँ, समझे कि नहीं। जल्द ही कुछ लोकल

रिपोर्टरों के साथ सम्पर्क साधने की कोशिश करूँगा। अख़बारों और पत्रिकाओं में कुछ लेख लिखूँगा।", शर्मा जी बोले।

दोनों अभी रास्ते में ही थे कि दूर कहीं कीर्तन का स्वर सुनाई दिया।

"ये कबीर मण्डली वाले हैं। बहुत अच्छा गाते हैं। अपने गाँव के ही लोग हैं–बच्चे, जवान, बूढ़े सब हैं। कल शाम सुनने चलेंगे। बहुत मजा आता है।", राजू ने बताया।

"वाकई सुन्दर गाते हैं! वैसे बैठक कहाँ जमती है?", शर्मा जी ने पूछा।

"नदी किनारे जमा होते हैं सभी।"

"नदी भी पास में ही बहती है क्या?", शर्मा जी उत्साहित हो पूछे।

"हाँ, हाँ बिल्कुल पास में ही। कल सब देखेंगे, इत्मीनान रखिये!", राजू ने उत्तर दिया।

गाँव में शहर के मुकाबले सर्दी ज़्यादा थी। जगह-जगह लोग अलाव जला कर शरीर गर्म करने में लगे थे। गांजा और बीड़ी भी सुलग रही थी। आख़िर फेफड़े भी तो गर्म करने थे।

गाँव में कोई परदेशी आया है–यह ख़बर इन्सानों के अलावा कुत्तों तक भी पहुँच चुकी थी। वे भी अपने अन्वेषण में लगे हुए थे। अनुसन्धान के पश्चात एक कुत्ते को शर्मा जी पर थोड़ा शक़ हुआ। वो शर्मा जी को लगभग दौड़ाने की मुद्रा में आ ही चुका था कि राजू ने कमान अपने हाथों में ली और उसे हड़काया।

जैसे-तैसे दोनों राजू के दरवाज़े पर पहुँचे। राजू ने बड़े उमंग से काठ की किवाड़ पर दस्तक दी–कुछ अलग अन्दाज़ में। राजू की पत्नी भागते-भागते आयी, जैसे उसे अनुमान लग गया हो कि ये कोई और नहीं बल्कि राजू महाशय ही हैं। जहाँ राजू को देख, अपने पूर्वानुमान की सत्यता पर वह प्रसन्न हुई; वहीं शर्मा जी को देख थोड़ा हैरान भी हुई। तब तक बच्चे भी पहुँच चुके थे।

राजू ने सब की हैरानी को भाँप शर्मा जी का परिचय करवाया और यह भी बतलाया कि वे यहाँ थोड़े ज़्यादा दिनों के मेहमान रहेंगे। बेचारे बच्चे यह बात सुनकर बड़े परेशान हुए–चूँकि कमरे दो ही थे और किसी अतिथि के आगमन का मतलब होता बच्चों की स्वतन्त्रता का छिन जाना। इधर राजू

की पत्नी रनिया भी शर्मा जी को देख कुछ ख़ास प्रभावित नहीं हुई, फिर भी औपचारिकतावश उसने शर्मा जी का स्वांगत किया।

दरअसल राजू जब भी घर आता और सिगरेट, शराब अथवा किसी भी नसीली चीज़ के साथ पकड़ा जाता, तो सारा दोष शर्मा जी के माथे ही मढ़ देता। राजू ने घर पर ऐसा माहौल तैयार किया था जिससे कि रनिया को लगता था कि शर्मा जी की संगति में ही वो ये सब करता है। वह अपनी कहानी में शर्मा जी को एक नशेड़ी के रूप में प्रस्तुत करता। ऐसा आत्मघाती नशेड़ी जो कि जीवन से मुक्ति चाहता हो और कभी भी स्वयं को समाप्त कर दे, अगर राजू आस-पास न हो तो। बेचारी रनिया, निर्मल मन वाली ग्रामीण औरत, वो कैसे कथित तौर पर किसी के विनाश का कारण बनती! ऐसे में रनिया केवल हिदायत देकर राजू को बख़्श देती। लेकिन, इस चक्कर में राजू ने न जाने कितनी कहानियाँ शर्मा जी के विषय में प्रचलित कर रखीं थीं।

इस सब से अनभिज्ञ शर्मा जी को इतनी ठण्डी प्रतिक्रिया की उम्मीद नहीं थी, फिर भी उन्होंने समता बनाये रखी। बच्चे थोड़े जिज्ञासु किस्म के थे–बाप से पहले अंकल क्या लेकर आये हैं, इसी तलाश में जुट गये।

उधर राजू रनिया को कोने में ले जाकर एक नयी कहानी गढ़ने में व्यस्त था। और इधर देखते ही देखते चुन्नू और मुन्नू ने शर्मा जी के बैग से आधा सामान निकाल कर ज़मीन पर फैला दिया था। शर्मा जी तो बस समझिए कि एक गहरी साँस लेकर ही रह गये। राजू ने जब यह देखा तो जवाब में बत्तीसी निकाल दिया, मानो उसके दो अनमोल रतन ने भारत रत्न के स्तर का कारनामा कर दिया हो। रनिया ने बच्चों को फटकार लगाई। तब जाकर दोनों दाँत निपोरते हुए सरपट भागे।

इधर राजू ने रनिया को कोने में ले जाकर न जाने कौन-सी पट्टी पढ़ाई कि बेचारी भावुक होकर शर्मा जी से कहने लगी, "भैया, ये आपका ही घर है...जब तक रहना चाहो, तब तक रहो...बहुत बुरा हुआ आपके साथ...उस औरत का कभी भला नहीं होगा..."।

शर्मा जी थोड़े अचम्भित थे, लेकिन समझ गये कि राजू प्यारे ने ज़रूर कोई खेल खेला है! जवाब में वे चेहरे पर गम्भीर भाव लेकर आये और बस धीरे से सिर हिला दिया।

रात में खाना लगाया गया। रनिया वैसे तो ठीक-ठाक पका लेती थी, लेकिन आदत से मजबूर शर्मा जी अपनी पाककला का परिचय देने से नहीं कतराये। रोटी कितनी आँच पर कितनी देर सेंकी जाये से लेकर मसालों को कब और कितनी देर तक भुना जाये–इन सभी विषयों पर ज्ञान बाँचने से नहीं चूके।

बिस्तर पर लेटी रनिया ने राजू से प्रश्न किया, "उनको हमारा खाना अच्छा नहीं लगा का?"

"अरे ऊ पगला आदमी हैं, इतना मत सोचो...तुमको बताए थे न, वो जो काण्ड हुआ था न उनके साथ...उस सदमा से अभी तक नहीं उभरे हैं...", राजू बोला।

इधर दूसरे कमरे में खटिया पर सोने से अनभ्यस्त शर्मा जी, अनेकों बार करवट बदलते रहे पर उपयुक्त पोजीशन प्राप्त न कर सके। अन्तत: थकावट आराम पर विजयी हुई और शर्मा जी को नींद आ गयी।

4

रात बीत गयी, जैसे हमेशा बीत जाती है। सुबह मुर्गों की बांग सुनकर शर्मा जी हड़बड़ाते हुए उठे। प्रात: उठने की आदत शर्मा जी को कभी नहीं थी, लेकिन अब पुन: नींद आना भी दुर्लभ था। कुछ देर तक आँखें मलते रहे, फिर सोचा छत पर चढ़कर गाँव का अवलोकन किया जाये।

छत से जो दृश्य उन्होंने देखा, उसे देख उनका मन पुलकित हो गया। चारों तरफ वृक्ष, झाड़ियाँ और हरियाली। ज़्यादातर कच्चे घर, परन्तु प्रकृति के साथ पूर्ण सामंजस्य में। जितने मनुष्य, उतने पशु। थोड़ा-सा कोहरा। पूरब में हल्की-सी लालिमा। पश्चिम से बहती ठण्डी हवा। पूजा-पाठ के लिए फूल तोड़ने को निकले बच्चे। चूल्हे पर चाय गर्म करती औरतें। पशुओं के चारों के प्रबन्ध में लगे पुरुष।

कोई दूध दुह रहा है तो कोई मुर्गियों को दाना दे रहा है। कोई गोबर समेटने में लगा है तो कोई झाड़ू लगाने में व्यस्त है। कोई इन सब झमेले से दूर खैनी पर ठोंक मार रहा है तो कोई बीड़ी की व्यवस्था में जुटा हुआ है। कोई गुल से दाँत माँज रहा है तो कोई कसरत करने में लगा हुआ है।

जो बच्चे इस वर्ष बोर्ड की परीक्षा लिखने वाले हैं, वे पुस्तक रटने में व्यस्त हैं तो वहीं जो पढ़ाई-लिखाई से ऊपर उठ चुके हैं वे गृहस्थ बनने की प्रैक्टिस में लिप्त हैं। कोई बाप से दुकान सँभालने की ट्रेनिंग ले रहा है तो कोई कुदाल चलाने में निपुणता हासिल कर रहा है। कोई हँसी-मज़ाक कर रहा है तो कोई योग-क्रियाओं में लीन है।

यह सब शहरों में कहाँ होता है? या अगर होता भी है तो कहाँ दिखाई देता है। सीमेंट की चारदीवारियों में जो भी होता है, वह सब वहीं क़ैद रहता है।

लेकिन यहाँ, यहाँ तो सबको सबके विषय में जानकारी है। सब सबको देख रहा है। सबको सबसे मतलब है। सबको सब पर टिप्पणी करने का अधिकार है। यहाँ तो लोग पड़ोसी के बच्चे को भी कूट दें और प्रताड़ना का केस भी दर्ज़ न हो।

इन्हीं सब विचारों में शर्मा जी खोये हुए थे कि इतने में राजू भी पहुँच गया।

"लीजिए, चाय पीजिये।", राजू चाय का कप शर्मा जी की ओर बढ़ाते हुए बोला।

"कितना मनोरम है न यह दृश्य!", शर्मा जी बोले।

"हाँ, प्राकृतिक रूप से बहुत सुन्दर है, लेकिन ग्रामीण जीवन की भी अपनी चुनौतियाँ हैं।", राजू यथार्थवादी नज़रिया अपनाते हुए बोला।

"नदी की ओर चलें क्या?", शर्मा जी ने उत्साहपूर्वक प्रस्ताव दिया।

"अरे अभी नहीं...अभी तो सब मैदान गये होंगे...मतलब हल्के होने गये होंगे...अभी का दृश्य तो मनोरम के बदले वीभत्स भी हो सकता है...", राजू हँसते हुए बोला।

"क्यों, स्वच्छ भारत मिशन यहाँ तक नहीं पहुँच पाया है क्या?", शर्मा जी आश्चर्य से पूछे।

"पहुँचा है...लेकिन पूरी तरह नहीं...और फिर लोगों की आदत भी तो जाते-जाते ही जाती है..."

"शाम में उधर चलेंगे...अभी फिलहाल आश्रम की ओर चलते हैं", राजू बोला।

दोनों आश्रम की ओर चल पड़े।

"आश्रम में कौन रहता है?", शर्मा जी ने रास्ते में सवाल किया।

"एक साधू हैं...हम सब उन्हें स्वामी जी कह कर बुलाते हैं...कहाँ से आये हैं–किसी को मालूम नहीं...पूछो तो कहते हैं कि फ़कीर कहाँ से आयेगा, कहाँ को जायेगा...", राजू मुस्कुराते हुए बोला।

"बड़े रहस्यमयी लोग हैं यार इस गाँव में", शर्मा जी ने आश्चर्य प्रकट किया।

"हाँ, किन्तु बहुत साधारण दिनचर्या है उनकी...सूरज उगने से पहले जागना...स्नान-ध्यान करना...फिर बच्चों को योगासन और प्राणायाम

सिखलाना...कोई मिल जाये तो दो-चार बातें कर लेना...कोई नहीं मिले तो चुपचाप बैठे रहना...", राजू बोला।

"उनके खाने-पीने की क्या व्यवस्था है?", शर्मा जी ने प्रश्न किया।

"गाँव वालों ने ही एक व्यवस्था बना रखी है...हर घर से महीने में एक दिन का अनाज उनको जाता है...ख़ुद ही चूल्हे पर पकाते हैं। आज हमारी बारी थी तो हम भी लेकर निकले हैं...", राजू शर्मा जी को अनाज क़ी छोटी-सी थैली दिखाते हुए बोला।

"अच्छा तो इसलिए ले जा रहे हो उनके पास!", शर्मा जी बोले।

"नहीं नहीं, जाना तो था ही...इसी बहाने आप कुछ योगासन सीख लीजिएगा...वैसे भी शरीर अव्यवस्थित हो गया है आपका...", राजू ने सफाई दी।

कुछ देर बाद दोनों आश्रम पहुँचे। आश्रम नदी से कुछ दूरी पर ही था। एक कुटिया बनी हुई थी, जिसे चारों तरफ से बाँस से घेर दिया गया था।

"यह ज़मीन किसकी है, जिस पर यह कुटिया खड़ी की गयी है?", शर्मा जी ने प्रश्न किया।

"सरकारी ज़मीन थी...खाली पड़ी रहती थी तो विधायक जी ने आश्रम बनाने की सहमति दे दी थी...वो भी स्वामी जी के मुरीद हैं...हर बरसात से पहले कुटिया की मरम्मत करवाते हैं, वो भी अपने खर्चे से...", राजू ने जानकारी दी।

"जब नेता अपने जेब से ख़र्च कर रहा है तो ज़रूर कोई बात होगी इनमें... चलिए मिलते हैं...", शर्मा जी लपककर आगे बढ़े।

कुटिया के ठीक बाहर, गेरुआ पोशाक में एक व्यक्ति, लकड़ी के आसन पर विराजमान था। उसके सामने लगभग दस-पन्द्रह बच्चे बैठे हुए थे, जो कि हर उम्र और हर वर्ग से आते थे। व्यक्ति की उम्र पचास-पचपन की रही होगी। ऊँचा कद, चौड़ी छाती, बलवान भुजायें, माथे पर चमक–इन सभी विशेषताओं के साथ यह व्यक्ति सब छोड़-छाड़ कर गाँव में बच्चों को प्राणायाम सिखला रहा है, ऐसा यक़ीन करना शर्मा जी के लिए ज़रा मुश्किल था। राजू ने बढ़कर स्वामी जी के पैर छुए। शर्मा जी ठूँठ से खड़े रहे।

"यह ओजस्वी नवयुवक कौन है, राजू?", स्वामी जी ने प्रश्न किया।

"नमस्ते, मैं सुधीर शर्मा हूँ...पेशे से पत्रकार हूँ और राजू का मित्र हूँ... गाँव घूमने आया हूँ।", शर्मा जी दाँत दिखाते हुए बोले।

"सही निर्णय है, धीरे-धीरे विषाद भी नष्ट हो जायेगा।", स्वामी जी हल्की मुस्कान के साथ बोले।

शर्मा जी थोड़े अचम्भित हुए–इन्हें कैसे पता मेरी मनोस्थिति के विषय में? ज़रूर राजू ने बताया होगा, ऐसा सोचकर मन ही मन राजू को कोसने लगे। आख़िर क्या ज़रूरत है सबको सारी बातें बतलाने की?

"स्वामी जी! इनकी सेहत थोड़ी बिगड़ गयी है...इन्हें कुछ आसन और प्राणायाम सिखा देते तो...", राजू विनती के स्वर में बोला।

"अवश्य सिखलायेंगे। आसन लेकर बैठ जाइये, सुधीर बाबू। तुम भी बैठ जाओ राजू।", स्वामी जी ने आदेश और आग्रह के बीच के स्वर में कहा।

राजू ने निकल लेने में ही भलाई समझी।

"शर्मा जी बैठेंगे...मैं तब तक बकरियों के लिए कुछ हरे घास काट लेता हूँ। और हाँ, ये अनाज लाया था...कुटिया में रख देता हूँ...", इतना बोलकर राजू नौ दो ग्यारह हो गया।

स्वामी जी ने भस्त्रिका और कपालभाति से शुरुआत की। कपालभाति करते-करते शर्मा जी ने मन ही मन राजू को दसों गालियाँ दे डाली। शर्मा जी इसी उधेड़बुन में व्यस्त थे कि राजू ने पता नहीं कहाँ फँसा दिया है और न जाने घास काटकर कब लौटेगा?

स्वामी जी ने उन्हें धनुरासन करने को कहा। शर्मा जी की कमर जवानी में ही इतनी जकड़ गयी थी कि धनुरासन का धनु भी ठीक से नहीं कर पाये। वहीं स्वामी जी उनसे उम्र में कम-से-कम बीस वर्ष बड़े होंगे, लेकिन उनका शरीर किसी शिशु की तरह लचीला था। शर्मा जी को यह देख बड़ी शर्मिंदगी महसूस हुई।

दरअसल शायर-मिज़ाज शर्मा जी अब तक ज़ेहन को ही प्राथमिकता देते आये थे, इसलिए बदन की हालत थोड़ी नाज़ुक हो गयी थी। इसी दौरान राजू भी घास काटकर हाज़िर हो चुका था। शर्मा जी ने जैसे ही राजू को देखा, वैसे ही प्रस्थान की मुद्रा में आ गये।

स्वामी जी उनकी मनोस्थिति को समझ गये और शर्मा जी का हौसला बढ़ाते हुए बोले, "आप तो बहुत शीघ्र सारे योगासन सीख जायेंगे, सुधीर बाबू। कल पुनः पधारियेगा।"

यहाँ शर्मा जी जान छुड़ाने में लगे थे और वहाँ स्वामी जी उनसे पुनः आने का अनुरोध कर रहे थे।

"हाँ, हाँ क्यों नहीं आयेंगे...ज़रूर आयेंगे शर्मा जी...", राजू तपाक से बोला। शर्मा जी बस मुस्कुराकर रह गये। दोनों घर को निकल पड़े।

"कल से तुम भी बैठोगे साथ में। ख़ुद तो भाग जाते हो और मुझे धनुरासन करने के लिए छोड़ देते हो।", शर्मा जी अपनी नाराज़गी ज़ाहिर करते हुए बोले।

"अरे, आपकी भलाई के लिए ही तो कह रहे हैं...उनकी संगति में गाँव में बहुत लोगों का स्वास्थ्य सुधरा है...आप भी बैठिये कुछ दिन...फिर ठीक नहीं लगे तो छोड़ दीजियेगा...मुफ़्त की चीज़ है, कोई जेब से पैसे थोड़े देने पड़ रहे हैं...मुफ़्त की हवा फेफड़ों में भरनी है और फिर छोड़ भी देनी है...", राजू बोला।

"और उन्हें उदासी वाली बात कैसे पता चली, ज़रूर तुमने ही कुछ उल्टा-पुल्टा कहा होगा?", शर्मा जी भन्नाते हुए बोले।

"अरे आपके चेहरे पर लिखा हुआ है...किसी को भी समझ में आ जायेगा...हम कब बोलते, हम तो आपके साथ ही उनसे मिलने गये थे...", राजू ने सफ़ाई देते हुए कहा।

ख़ैर छोड़िये यह सब। चलिए घर पहुँचकर नाश्ता करते हैं। फिर चुन्नू-मुन्नू को लेकर प्राथमिक विद्यालय चलेंगे। इसी बहाने ग्रामीण शिक्षा व्यवस्था के सीधे-सीधे दर्शन भी हो जायेंगे।

घर पहुँचे तो अनुमान के अनुरूप रनिया ने नाश्ता तैयार कर रखा था।

"रोटी ठण्डा भी हो गया, इतना समय कहाँ लग गया?", रनिया ने ऊँचे स्वर में प्रश्न किया।

"कुछ नहीं...शर्मा जी का परिचय करवा रहे थे स्वामी जी के साथ...और हम घास भी काट कर ले आये हैं...बकरी को खिला देना...फिर हम लोग स्कूल जायेंगे...", राजू बोला।

दोनों ने नाश्ता किया फिर चुन्नू-मुन्नू को साथ लेकर विद्यालय की ओर निकल पड़े।

"ये यूनिफॉर्म कहाँ से मिला है?", शर्मा जी ने बच्चों से पूछा।

"मिलेगा कहाँ से...सिलवाये हैं..", चुन्नू शर्मा जी पर हावी होते हुए बोला।

"पैसा मिला था स्कूल से...फिर हमलोग ख़रीद के सिलवाये थे...", मुन्नू बात सँभालते हुए बोला।

शर्मा जी समझ चुके थे कि बच्चे थोड़े उस्ताद क़िस्म के हैं; कम प्रश्न करना ही बेहतर रहेगा। फिर सारे रास्ते बेचारे चुपचाप चलते रहे। कोई रास्ते में दिख जाता तो थोड़ी असहज मुस्कान के साथ केवल अभिवादन भर कर देते।

"प्राथमिक विद्यालय, घरकूँच", बड़े अक्षरों में गुलाबी रंग की दीवार पर नीले रंग से लिखा था।

घरकूँच गाँव का इकलौता विद्यालय। बाहर से रंगाई-पुताई में कोई कमी नहीं थी। शौचालय भी दो थे। जल के लिए चापाकल की व्यवस्था भी थी।

"क्या देख रहे हैं, शर्मा जी! हिट-हाट में कोई कमी नहीं है...गाँव में जब भी कोई बियाह होता है तो बारात यहीं रोका जाता है...इसलिए सारा व्यवस्था फिट है...चलिए अन्दर से दिखलाते हैं...", राजू ने कहा।

अन्दर जाकर देखा तो ब्लैकबोर्ड में गड्ढ़े पड़े हुए। कहीं चॉक नहीं तो कहीं डस्टर नहीं। पाँच कक्षा और दो सौ छात्रों के लिए बस तीन शिक्षक और एक प्राचार्य।

"कैसे मैनेज करते हैं?", शर्मा जी ने उत्सुकतावश पास खड़े एक शिक्षक से पूछ लिया।

"पहला-दूसरा कक्षा के विद्यार्थी लोग को एकसाथ बैठा देते हैं और कोई एक कक्षा को मैदान में खेलने के लिए भेज देते हैं...", मास्टर साहब दाँत निपोरते हुए बोले।

"वैसे आप हैं कौन श्रीमान जी!", मास्टर साहब ने प्रश्न किया।

"पत्रकार हैं!", राजू धाक जमाते हुए बोला।

यह सुनकर बेचारे शिक्षक महोदय थोड़े गम्भीर हो गये।

"कौन से शिक्षक कौन-सा विषय पढ़ाते हैं?", शर्मा जी ने पुनः प्रश्न किया।

शिक्षक महोदय की घिग्गी बँध चुकी थी।

"अरे घबराइये मत, मित्र हैं हमारे...आराम से बोलिए...", राजू मास्टर साहब की पीठ ठोकते हुए बोला।

"पंचवा तक का क्या लिए हैं सर...सब लोग सब विषय पढ़ा देते हैं... ऑल-राउंडर हैं तीनों लोग।", शिक्षक बोले।

"बच्चे कुछ सीख भी रहे हैं या बस ऐसे ही आते-जाते हैं?", शर्मा जी ने प्रश्न किया।

"अधिकतर तो मिड डे-मील के लिए ही आते हैं सर। दोपहर के बाद लगभग सब घर चले जाते हैं। कुछ बच्चे तो इतने ग़रीब हैं कि घर से खाना भी खाकर नहीं आते हैं। इसलिए दोपहर तक उनका ध्यान केवल भोजन पर ही लगा रहता है। इस वजह से पढ़ाई में मन भी नहीं लगा पाते हैं। ऐसे में हम भी क्या कर सकते हैं बताइये? प्राचार्य महोदय कई बार समय से पहले खिलाने के लिए अनुमति दे देते हैं, लेकिन खाना खाने के बाद कोई टिकता कहाँ है!", शिक्षक महोदय ने समस्या पर प्रकाश डालते हुए कहा।

"मैं बच्चों से मिल सकता हूँ?", शर्मा जी ने अनुमति माँगी।

"हाँ, आइए न!", शिक्षक महोदय आदर के साथ भीतर ले गये।

"बच्चों, सब लोग खड़े हो जाइए", उन्होंने कहा।

"अरे नहीं, इसकी ज़रूरत नहीं है...कोई बात नहीं बैठ जाइए...", शर्मा जी बोले।

इधर चुन्नू-मुन्नू बड़े संशय में थे। मास्टर साहब को क्या हो गया है कि इनके आने पर उठने के लिए बोल रहे हैं।

शर्मा जी देर तक बच्चों को निहारते रहे। फिर एक को बुलाकर किताब से कुछ पढ़ने के लिए कहा–वह नहीं पढ़ पाया। दूसरे और तीसरे बच्चे की भी यही स्थिति रही। चौथे ने टो-टा कर थोड़ा बहुत पढ़ लिया। शर्मा जी बड़े निराश हुए।

"शिक्षकों की कमी की वजह से नहीं हो पा रहा है, सर!", शिक्षक महोदय झेंपते हुए बोले।

"लेकिन यह तो गम्भीर समस्या है। इस पर कुछ किया क्यों नहीं जा रहा?", शर्मा जी ने आश्चर्य प्रकट करते हुए कहा।

शिक्षक महोदय निरुत्तर बस खड़े रहे।

फिर शर्मा जी और राजू वहाँ से निकल पड़े। रास्ते में शर्मा जी ने राजू को जल्द ही स्थानीय पत्रकारों के साथ सम्पर्क साधने को कहा।

"स्कूल के विषय में कुछ लिखने का तो नहीं सोच रहे हैं?", राजू ने तपाक से प्रश्न किया।

"बिल्कुल वही सोच रहे हैं", शर्मा जी दृढ़तापूर्वक बोले।

"अपनी सोच को अपने मस्तिष्क में ही गाड़े रखिये, कागज़ पर मत आने दीजिए। विधायक जी का गाँव है। कोई भी कुप्रचार बर्दाश्त नहीं करेंगे वो। और सच पूछिये तो इतनी ख़राब स्थिति भी नहीं है। गाँव में बिना फ़ीस के भोजन तक की व्यवस्था हो जा रही है और क्या चाहते हैं आप? कुछ और मुद्दों पर लिखिये–ऐसे मुद्दे जिनका घरकूँच गाँव से कोई लेना-देना न हो। पानी में रह कर मगरमच्छ से बैर नहीं किया जाता है शर्मा जी...", राजू समझाते हुए बोला।

"अरे नेगेटिव टोन में नहीं लिखूँगा...अन्त में सकारात्मक रुख़ दे दूँगा... मिड डे-मील से जो कुपोषण मुक्ति का कार्य हो रहा है, उसके लिए सरकार की थोड़ी सराहना भी कर दूँगा...लेकिन बीच में ये मुद्दे भी उठा दूँगा...तुम चिन्ता मत करो, कोई नाराज़ नहीं होगा...तुम बस कॉन्टेक्ट का जुगाड़ करो।", शर्मा जी राजू को कॉन्फिडेंस में लेते हुए बोले।

"कल तक हो जायेगा जुगाड़। जब आप स्वामी जी की शरण में योगासन कर रहे होंगे, उस समय मैं एक व्यक्ति से सम्पर्क करने की कोशिश करूँगा।", राजू दाँव खेल गया।

शर्मा जी मान गये। पत्रकारिता और शायरी के लिए वैसे भी वे कुछ भी सह लेते, फिर धनुरासन तो कहीं न कहीं सेहत के लिए फायदेमन्द ही था।

दोपहर को भोजन के पश्चात आम के वृक्ष के नीचे खटिया लगाई गयी। शर्मा जी जाड़े की उस हल्की धूप में इतनी गहरी नींद में चले गये, जैसी कि वर्षों से उन्हें प्राप्त नहीं हुई हो। शाम होने को थी। राजू ने शर्मा जी को जब ज़ोर से झकझोरा तब जाकर कहीं उनकी आँख खुली।

"चलिए कबीर मण्डली वाले नदी किनारे कीर्तन शुरू करने वाले ही होंगे...फिर, नदी भी तो देखनी है..."

"चाय पीजिये और चलिए", राजू चाय देते हुए बोला।

दूर से ही कोरस की आवाज़ आ रही थी। हारमोनियम और तबला के बीच स्वर सुनाई पड़ रहा था–

"माटी कहे कुम्हार से तू क्या रौंदे मोय...
एक दिन ऐसा आयेगा मैं रौंदूगी तोय..."

डूबते हुए सूरज की लाल किरणों ने नदी के जल को भी अपने रंग में रंग दिया था। ऐसी सुरम्यता के बीच कबीर के शब्द और मण्डली वालों के स्वर–इससे बेहतर अनुभव शायद ही कभी किसी को मिले।

"आये हैं सो जायेंगे राजा रंक फ़कीर...
एक सिंहासन चढ़ी चले एक बँधे ज़ंजीर..."

राजू भी स्वर में स्वर मिलाने लगा। शर्मा जी बस चुपचाप सुनते रहे। कुटिया के बाहर स्वामी जी भी दिखे–अपने आसन पर ध्यान में लीन थे। चूँकि कबीर गाये जा रहे थे, इसलिए हर समझदार व्यक्ति का अन्तर्मुखी होना स्वाभाविक था। कबीर के प्रश्नों को सुनकर अनसुना करना आसान नहीं।

"चलती चक्की देख के, दिया कबीरा रोय...
दो पाटन के बीच में, साबुत बचा न कोय..."

जीवन और मृत्यु, सुख और दुःख, सफलता और असफलता–इन दो पाटों से कौन बच कर निकल पाया है? इन्हीं विचारों में शर्मा जी पूरी तरह से खो गये। शर्मा जी की पलकें नम हो चुकीं थीं।

कुछ देर बाद मण्डली वाले गाते-गाते उठ गये, जाकर स्वामी जी के चरण छुए और अपने-अपने घरों की ओर चल दिये। लेकिन जो पीछे छूट गया था, वह था उनका स्वर–

"पत्ता टूटा डाल से, ले गयी पवन उड़ाय...
अब के बिछड़े कब मिलेंगे, दूर पड़ेंगे जाय..."

साँझ पूरी तरह से ढल चुकी थी। रात्रि ने प्रवेश ले लिया था। धीरे-धीरे शर्मा जी और राजू भी अपने घोसलों की ओर लौट पड़े।

5

अगली सुबह शर्मा जी नियत समय पर स्वामी जी के समक्ष उपस्थित थे। प्राणायामों की शृंखला को तो उन्होंने किसी तरह से झेल लिया, किन्तु आसनों की बारी आने पर पुनः संकट में पड़ गये। हलासन और चक्रासन के दौरान उनकी जंघाओं और भुजाओं ने तो न जाने कितनी बार विरोध किया होगा! कन्धे और कमर भी कराह रहे थे। लेकिन, फिर भी शर्मा जी किसी योद्धा की भाँति डटे रहे। उनकी तन्मयता देख स्वामी जी ने उनकी प्रशंसा की और साथ ही शंका निवारण के लिए सवाल पूछने को कहा। अब चक्रासन और हलासन को लेकर शर्मा जी के मन में क्या ही शंका होती, इसलिए उन्होंने 'गूढ़' विषयों पर ही प्रश्न करना ज़्यादा उचित समझा।

"क्या इस दुनिया को बनाने वाला कहीं कोई निर्माता ईश्वर अथवा भगवान है?", शर्मा जी ने एक भारी-भरकम दार्शनिक सवाल स्वामी जी की ओर पूरे बल से फेंका। कल शाम को जो कबीर के दोहे सुने थे, उसका असर उन पर स्पष्ट दिखाई दे रहा था।

स्वामी जी प्रश्न सुनकर हँसने लगे।

"तुम्हें क्या लगता है?", उन्होंने उलटकर शर्मा जी से ही प्रश्न कर लिया।

"मैं इस बारे में अपनी राय नहीं बना पा रहा।", शर्मा जी तपाक से बोले।

"क्यों?", स्वामी जी ने पुनः प्रश्न किया।

"क्योंकि कुछ भी साबित नहीं किया जा सकता!", शर्मा जी बोले।

"साबित करने की आवश्यकता किसे है? अगर ईश्वर के अस्तित्व पर किसी को पूर्ण विश्वास हो तो फिर उसे साबित करने की कोई आवश्यकता ही नहीं, क्योंकि ईश्वर है तभी तो उसे विश्वास है।

वहीं अगर कोई ऐसा व्यक्ति हो जो यह मानता है कि ईश्वर केवल एक कल्पना है तो फिर उसे क्या ज़रूरत है कि वह ईश्वर जैसी कल्पना पर अपना समय व्यर्थ करे? जीवन अनमोल है भई, कल्पना पर व्यतीत कर दोगे क्या!

तुम स्वयं को कहाँ खड़ा पाते हो, यह प्रश्न तुम्हें स्वयं से करना है।", स्वामी जी ने ठोस तर्क दिया।

शर्मा जी के पास इसका कोई उत्तर नहीं था।

फिर उन्होंने एक दूसरा प्रश्न दागा।

"अच्छा तो हमें दुःख क्यों होता है?"

"क्योंकि हम उन चीज़ों से जुड़ जाते हैं जिनसे हमें नहीं जुड़ना चाहिए। यह चीज़ कुछ भी हो सकती है–कोई वस्तु, कोई व्यक्ति, धन-दौलत या फिर केवल एक विचार। लेकिन, इन सब के पीछे एक कामना होती है जो कि दुःख की मूल जननी है। कामनाएँ अनन्त हैं, उन्हें कभी पूरा नहीं किया जा सकता। कामना का स्वभाव ही ऐसा है कि उसे जितना पूरा करो, वह उतनी ही बढ़ती जायेगी। इसलिए, सन्तोष और समता ही दुःख से निपटने के उपाय हैं।", स्वामी जी ने दार्शनिक तरीके से समझाया।

"लेकिन ऐसा कैसे हो सकता है कि हम कोई कामना ही न करें। भला ऐसे जीवन का भी कोई मतलब है क्या, जहाँ कोई चाहत ही न हो और किसी चाहत को पूरी करने की इच्छा ही न हो?", शर्मा जी ने अपनी प्रतिक्रिया दी।

"चाहत क्यों पूरी करनी है तुम्हें?", स्वामी जी ने प्रश्न किया।

"क्योंकि चाहत पूरी होने पर आनन्द की प्राप्ति होती है", शर्मा जी ने उत्तर दिया।

"और फिर वह आनन्द कितनी देर तक रहता है?", स्वामी जी ने पूछा।

"यह तो इस बात पर निर्भर करता है न कि किस स्तर की चाहत पूरी हुई है! छोटी चाहतों की पूर्ति कुछ घण्टों तक आनन्द दे सकती है। अगर बड़ी चाहत हो तो कुछ दिनों या कुछ महीनों तक भी आनन्द रह सकता है।", शर्मा जी साफ़गोई से बोले।

"और फिर उसके बाद क्या होता है? फिर दूसरी चाहत जगती है, फिर उसे पूरी करते हो। फिर तीसरी चाहत जगती है, फिर उसे पूरी करते हो..." स्वामी जी बोल ही रहे थे कि शर्मा जी बात को बीच में ही काटते हुए बोले–

"हाँ तो इसमें दिक्कत क्या है?"

"कोई दिक्कत नहीं है। कोई दिक्कत नहीं है, सिवाय इसके कि सारी कामनाओं की पूर्ति नहीं की जा सकती। कुछ सपने तो टूटेंगे ही। अगर तुम्हें सपनों के टूटने से कोई समस्या नहीं है तो फिर दुःख का रोना क्यों रोते हो? फिर तुम्हारे मन में यह सवाल क्यों है कि दुःख क्यों होता है?", स्वामी जी ने अपने तर्क से शर्मा जी की बोलती बन्द कर दी।

स्वामी जी आगे बोले, "अगर दुःख से परहेज़ है तो कामना से मुक्ति प्राप्त करो। अगर कामना नहीं छोड़ सकते तो दुःख को सहज मानकर स्वीकार करो। तुम कामना भी करोगे और तुम्हें केवल सुख ही सुख की प्राप्ति भी होगी–यह प्रकृति के नियम के विरुद्ध है, सुधीर बाबू! अगर स्वप्न देखना पसन्द है तो उस स्वप्न के टूटने से उत्पन्न हुई निराशा को झेलने की क्षमता भी होनी चाहिए।"

स्वामी जी की इन बातों को सुन शर्मा जी लगभग उनके चेले बनने की कगार पर थे। लेकिन, तभी वहाँ राजू आ धमका।

"कालचक्र अख़बार के मुख्य सम्पादक की ईमेल आईडी मिल चुकी है", राजू ने आते ही सूचना दी।

इतना सुनना ही था कि शर्मा जी सरपट स्वामी जी से विदा लेकर निकले।

रास्ते में राजू ने जिज्ञासा दिखाई, "क्या बात है, आज बहुत गम्भीर माहौल लग रहा था वहाँ?"

"अरे कुछ नहीं बस स्वामी जी एक छोटे से प्रश्न में उलझ गये?", शर्मा जी चतुराई दिखाते हुए बोले।

"सच में? ऐसा क्या पूछ लिया आपने?", राजू ने पूछा।

"बस इतना ही पूछा था कि ईश्वर है या नहीं?", शर्मा जी बोले।

"और इसका जवाब नहीं दे पाये?", राजू ने आश्चर्य से पूछा।

"नहीं, केवल गोल-मटोल बातें करते रहे!", शर्मा जी ने बताया।

"अजीब बात है। स्वामी जी इसी लाइन में हैं और उन्हें इतना भी नहीं मालूम। गाँव के लोग सुनेंगे तो उनकी कुटिया उखड़ने में देर नहीं लगेगी।", राजू क्षुब्ध होकर बोला।

शर्मा जी को लगा कि कहीं उनके सयानेपन के चक्कर में परिस्थिति गम्भीर न हो जाये; और फिर राजू है भी तो मुँहफट ही, कहीं गाँव में ढिंढोरा न पीट दे...इस भय से उन्होंने बात बदलने की कोशिश की।

"वैसे स्वामी जी योग बहुत अच्छा सिखलाते हैं!", शर्मा जी बात सँभालते हुए बोले।

"हाँ इसलिए तो आपको रोज़ जाने के लिए कह रहे हैं...संकोच मत कीजियेगा...अकेले भी जाना पड़े तो भी सबेरे-सबेरे पहुँच जाइयेगा...आख़िर किसी को तो कुछ लाभ हो, इतना साल से मुफ़्त में अनाज पहुँचाए जा रहे हैं!", राजू आख़िरी वाक्य पर ज़ोर देते हुए बोला।

शर्मा जी ने मन ही मन सोचा–लगता है स्वामी जी से छुटकारा मिलना मुश्किल है।

घर पहुँचने के बाद शर्मा जी शीघ्र ही लैपटॉप खोल ईमेल लिखने में व्यस्त हो गये। ईमेल में अपने क्रेडेंशियल में इस बात पर ख़ासा ज़ोर दिया कि वे इससे पहले 'भारत ख़बर' टीवी चैनल में एक प्रमुख भूमिका में काम कर चुके हैं। शर्मा जी की दृष्टि में अख़बार वाले पत्रकारों के मन में टीवी चैनल वालों के लिए एक अलग स्तर का सम्मान होता है, इसलिए शर्मा जी लगभग आश्वस्त थे कि उनका काम बन जायेगा। ईमेल में उन्होंने अपना मोबाईल नम्बर भी दर्ज़ कर दिया था। साथ ही, कालचक्र अख़बार की थोड़ी प्रशंसा भी कर दी थी। यह भी उल्लेख कर दिया था कि वे राज्य के प्राथमिक विद्यालयों की वास्तविक स्थिति पर एक आर्टिकल लिखना चाह रहे हैं।

अनुमान के मुताबिक दोपहर तक कालचक्र के दफ़्तर से एक कर्मी का फ़ोन आ गया। उन सज्जन ने शर्मा जी को आर्टिकल भेजने की प्रक्रिया से अवगत करवाया। शर्मा जी ने सावधानी से सारे डिटेल्स नोट किये और फिर लेख लिखने में व्यस्त हो गये।

इंटरनेट पर कुछ रिसर्च किया, कुछ अपने अनुभव डाले। सरकार की नीतियों की थोड़ी बहुत प्रशंसा की तो जमकर लताड़ भी दिया। घरकूँच गाँव के प्राथमिक विद्यालय में शिक्षकों की कमी होने का ख़ास तौर पर उल्लेख किया। आलेख लिखने में शर्मा जी का साहित्यिक ज्ञान उपयोगी साबित हुआ।

रात होने तक शर्मा जी ने आलेख को ईमेल के माध्यम से प्रेषित भी कर दिया था।

अगले दिन एडिटर महोदय ने उन्हें बधाई देते हुए यह सूचना दी कि दो दिन बाद के एडिटोरियल पृष्ठ पर शर्मा जी का आलेख छपेगा। शर्मा जी यह सुनकर बेहद प्रसन्न हुए। राजू भी ख़ुश हुआ। डिस्ट्रीब्यूटर से बात करके कालचक्र अख़बार की व्यवस्था करवाई गयी।

इधर स्वामी जी के सानिध्य में शर्मा जी की नित्य योग दीक्षा भी जारी थी। उधर दो दिनों बाद जब आलेख छपा तो शर्मा जी की उम्मीद के विपरीत कोई हलचल नहीं मची। घरकूँच में किसी को ख़बर ही नहीं कि शर्मा जी ने उनके गाँव में कौन-सी क्रान्ति को जन्म दिया है। पैसे तो वैसे भी नहीं मिलने वाले थे। कुल मिलाकर शर्मा जी लगभग निराश ही हो गये थे। थक-हार कर वास्तविकता से समझौता कर लिया।

जहाँ रोज़ शाम कबीर मण्डली के साथ समय व्यतीत करते, वहीं स्वामी जी के सानिध्य में शरीर के अंग-प्रत्यंग से जुड़े आसन और प्राणायाम करते।

"माया महा ठगनी हम जानी" बस यही गुनगुनाते।

स्वामी जी समझाते, "आशा ही माया की वाहिका है। माया तुम्हें आशा के ज़रिये ही ठगती है। तुम आशा का त्याग करो फिर माया तुम्हें नहीं ठग पायेगी"।

"अरे कैसी बातें करते हैं, स्वामी जी! बिना आशा के मानव जीवन सम्भव है क्या? किसान के मन में अगर वर्षा की आशा ही न हो तो क्या वह बीज बोयेगा!", शर्मा जी तर्क देते।

"क्यों नहीं बोयेगा? किसान का धर्म है बीज बोना। प्रकृति का धर्म है बारिश करवाना। अगर वर्षा होती है तो समझो प्रकृति ने किसान के कर्म को सम्मानित किया; अगर नहीं भी होती है तो कम-से-कम किसान ने अपना काम तो किया।", स्वामी जी बोलते।

"ये सब व्यावहारिक बातें नहीं हैं स्वामी जी", शर्मा जी का अन्तिम तर्क यही होता।

स्वामी जी केवल मुस्कुरा भर देते।

राजू शर्मा जी को सान्त्वना देता, "स्वामी जी केवल हवाई बातें करते हैं, नहीं?"

इसी बीच राजू के मन में यह नेक विचार आया कि शर्मा जी को दूध दुहना सिखलाया जाये। मन भी बहल जायेगा और एक कला भी सीख लेंगे। अगले

दिन सुबह-सुबह दोनों बाल्टी लेकर गाय के निकट पहुँच गये। राजू ने शर्मा जी को मौखिक निर्देश दिया और दुहने की अनुमति दी।

गाय पहले से ही थोड़ी बिदकी हुई थी और फिर शर्मा जी ने थन पर ज़्यादा ही दबाव दे डाला। गाय ने भी शर्मा जी की छाती में ऐसा ज़बरदस्त प्रहार किया कि दुबले-पतले शर्मा जी कहीं तीस फीट दूर जाकर गिरे। इस पूरी प्रक्रिया में उनके दाहिने पाँव में मोंच भी आ गयी। राजू सहारा देकर उन्हें कमरे तक ले आया।

संयोग से गाँव में कुछ अव्वल दर्ज़े के मालिशकार भी उपलब्ध थे। फिर क्या था, सरसों के तेल से नित्य कुछ दिनों तक उनकी मालिश की प्रक्रिया शुरू हुई। शर्मा जी भिन्न-भिन्न प्रकार की चीत्कार करते और चुन्नू-मुन्नू जी खोलकर हँसते। शर्मा जी दर्द से कराहते या फिर दर्द को गले में दबाकर किसी तरह अपनी लाज बचाते! असमंजस की इस स्थिति में उन्होंने बच्चों को अबोध मान कराहना ही उचित समझा।

ये सिलसिला कुछ दिनों तक चला, किन्तु मालिशकारों के हुनर बेकार नहीं गये। शर्मा जी ने पुन: अपनी टाँगों पर बिना चीखे खड़ा होना शुरू कर दिया। लेकिन, एक टीस दबी की दबी रह गयी। उन्होंने सोचा था कि गाँव से पत्रकारिता में बड़ा नाम करेंगे, लेकिन जितना सोचा था उतना कुछ हुआ नहीं। फिर पैर में मोच हुई और मोच से उत्पन्न हुई निष्क्रियता। इन सब मनोबल-तोड़ू घटनाओं ने उनका उत्साह मिट्टी में मिला दिया था। चलते तो आँखें ज़मीन में गाड़कर, दूसरों की नज़र में अपनी छवि देखने से घबरा जो रहे थे।

एक शाम ऐसे ही छत पर बैठे थे मुँह लटकाए हुए। फिर कानों में कुछ सुनाई दिया–

"कबीर हँसणां दूरि करि, करि रोवण सौं चित्त..."

कि कबीर, मुस्कुराना और हँसना अभी दूर है, अभी तो मन रोने की ओर झुका है। ना जाने अतीत में कहाँ खो गये शर्मा जी और आँखों से एक बूँद आँसू आ गये। सब टूटा हुआ सा लग रहा था।

"पाना नहीं है अब कुछ, जो है वो भी खो देना है..." ऐसा धीरे से कह कर तकिये से मुँह दबाकर फूट-फूट कर रोने लग गये।

6

अगली सुबह जब शर्मा जी हड़बड़ाते हुए उठे तो देखा, राजू उनके मुँह में तीव्रता से वायु-दान कर रहा था। ठीक-ठीक समझ नहीं आया कि हुआ क्या है। फेफड़े में दबाव महसूस हुआ तो रिफ़्लेक्स में एक ज़ोरदार लात राजू की छाती पर जमा दी।

"उफ़्फ़...!" राजू कराहते हुए पीछे गिरा।

"ये क्या बेहूदी हरकत है, राजू? मुँह में मुँह लगाकर मेरे फेफड़े में कार्बन डाइऑक्साइड क्यों भर रहे थे?" शर्मा जी ने हाँफते हुए कहा।

राजू ने छाती मलते हुए राहत की साँस ली–"अरे शर्मा जी, आप तो ज़िन्दा हैं! भगवान की कृपा है, वरना हम सब डर ही गये थे। आठ बज गये, आप बाहर नहीं आये। दरवाज़ा खटखटाया, आपने खोला नहीं। फिर किसी तरह खिड़की से कूदकर कमरे में घुसे। नाक के पास उँगली लगाई तो लगा साँस नहीं चल रही...हम तो समझे कि आपके प्राण पखेरू बस उड़ने को हैं!"

शर्मा जी ने माथा पकड़ लिया।

तभी पास खड़े बुज़ुर्ग बोले–

"राजू ने बोला कि टीवी में देखा है, सीपीआर करना पड़ता है...सो वह शुरू हो गया।"

तब तक डॉक्टर भी आ गये। डॉक्टर ने नाड़ी देखी, आँखों पर टॉर्च डाली और बोले–

"कुछ गम्भीर नहीं है, शर्मा जी। बस ब्लड प्रेशर लो हो गया था। उत्साह की कमी लग रही है। पानी पीते हैं या नहीं?"

"एकदम नहीं पीते हैं...इनका पेशाब एकदम पीला-पीला हो रहा है," राजू ने बोला।

डॉक्टर मुस्कराते हुए बोले–

"शर्मा जी, फिर तो शरीर में पानी की भारी कमी लग रही है। आपको कम-से-कम रोज़ तीन–चार गिलास ज़रूर पीना चाहिए।"

कुछ और हिदायत देकर डॉक्टर साहब चले गये।

शर्मा जी को समझ आ गया कि बात बिगड़ भी सकती है। अब किसी तरह अवसाद से बाहर निकलना ही होगा।

"जो लोग मौत को बेवजह बदनाम करते हैं,

उन्होंने ज़िन्दगी का ग़म देखा ही नहीं।" –शर्मा जी ने न जाने कितने दिनों बाद यह शेर कहा और धीरे-धीरे बिस्तर से उठे। कमरे की खिड़की से सुबह की हल्की धूप अन्दर आ रही थी। शर्मा जी ने साँस भरी और महसूस किया कि जीवन की हलचल फिर से उनके भीतर लौट रही है।

राजू, जो पास ही खड़ा था, इतना तो जानता था कि शायरी लौटना मतलब शर्मा जी में जीवन्तता लौटना। उत्सुकता से बोला–

"शर्मा जी, अब तो आप थोड़ा मुस्कुरा भी रहे हैं। लगता है ये नया दिन कुछ नया लेकर आया है।"

शर्मा जी ने नहाने की इच्छा व्यक्त की।

राजू ने उत्साह से कहा, "आज विशेष दिन है, इसलिए आज विशेष तरीके से स्नान करेंगे। आज नदी में जाकर नहाएंगे।"

शर्मा जी थोड़े हिचकिचाए, लेकिन जब राजू ने ज़ोर डाला तो वे मना भी नहीं कर पाये।

लेकिन, नदी पहुँचते ही सारा मूड ख़राब हो गया। घाट पर दो अधनंगे बच्चे पैंट को घुटने से नीचे किये मलत्याग करते हुए दिख गये। उन्होंने इन दोनों को आते देखा तो मलत्याग की क्रिया को आधी में ही छोड़ सरपट भागे। कर्ता अगर क्रिया को आधे में ही छोड़ दे तो क्या वह कर्म कहलाएगी? दर्शन का प्रश्न है भाई, इसमें न ही पड़े तो बेहतर है!

लेकिन, गौरतलब यह है कि शर्मा जी के 'विशेष दिन' की योजना भी कितनी जल्दी अव्यवस्थित हो सकती है।

खैर, दोनों ने निठल्लों की तरह कुछ मिनट प्रतीक्षा की और फिर घाट की ओर बढ़े। सतत प्रवाहित जल में दो बच्चों का मल भी भला कितने देर टिक सकता था! शर्मा जी ने आख़िरकार स्नान पूरा किया और जीवन की विडम्बना पर हँसते हुए घाट से बाहर आये।

लौटते वक़्त बीच में स्वामी जी का आश्रम भी दिखा–सोचा, वहाँ भी हो आयें। शर्मा जी को बहुत दिनों बाद देखकर स्वामी जी हर्षित हुए। उन्होंने थोड़ी देर बैठने को कहा।

"मन के हर एक दुःख, निराशा और बेचैनी को काटने में ध्यान रूपी बाण का प्रयोग करना चाहिए, शर्मा जी।" स्वामी जी ने कहा।

"चलिए, आज ध्यान लगाना सिखाते हैं। अपनी आँखें मूँदिये। श्वास पर ध्यान केन्द्रित कीजिये। हर आती-जाती साँस को ध्यान से देखिये। एक भी साँस आपकी चेतना से बचकर नहीं जानी चाहिए–पक्का पहरा हो। श्वास को नियन्त्रित नहीं करना है, केवल देखना है, तटस्थ भाव से। जैसे आप केवल साक्षी हों और साँस लेने की घटना स्वाभाविक रूप से शरीर के द्वारा हो रही हो। आप स्वयं को शरीर से अलग देखने का प्रयास कीजिये। शरीर को अपने आप से मत जोड़िये। मन से भी स्वयं को अलग मानिये। आप शरीर और मन से दूर, बस चेतना हैं–आत्मस्वरूप चेतना।"

शर्मा जी ध्यान में बैठे रहे। किन्तु राजू से शरीरभाव का त्याग कहाँ सम्भव भला। बेचारा राजू तो अपनी बैठने की स्थिति ही तय नहीं कर पा रहा था। सुखासन की अलग-अलग मुद्राओं में बैठने में ही संघर्षरत रहा। कभी दायें पैर को बायें के ऊपर करता तो कभी बायें को दायें के ऊपर। पैरों में थोड़ा सन्तुलन आया तो अकड़ती कमर को ठीक करने लगा।

राजू की अवस्था देखकर स्वामी जी भी मुस्कुरा उठे। कहा–"तुम्हारी बेचैनी ही तुम्हारा सबसे बड़ा गुरु है, राजू। अपनी बेचैनी को भी साक्षी भाव से देखना ही साधना का पहला चरण है।"

द्रष्टा को कभी दृश्य में नहीं उलझना चाहिए। यह विचित्र संसार केवल एक दृश्य है। अविद्या के प्रभाव से हम इस शरीर और मन को ही द्रष्टा मान बैठे हैं, जबकि वे भी केवल दृश्य ही हैं। देखो अपने मन को–मन में चलने

वाले विचारों को। आपके बिना किसी प्रतिक्रिया के भी विचार उपज रहे हैं और नष्ट हो रहे हैं।"

इस दरमियान राजू के मन में भी कुछ विचार उपज रहे थे। लेकिन वे स्वत: थे या प्रतिक्रियावश, यह कहना कठिन था। तार्किक युक्तियों में बिना पड़े राजू चुपचाप बिना आवाज़ किये, उठा और मौका देखकर घर की ओर निकल लिया।

लेकिन, शर्मा जी को बहुत शान्ति का अनुभव हो रहा था। ऐसा लग रहा था जैसे उनके और उनके भूतकाल के बीच कोई दूरी बन गयी हो। बचपन से लेकर जवानी तक की गयी ग़लतियाँ एक-एक कर उनकी स्मृति-पट पर उभर रही थीं।

पहले एक दृश्य आया–बचपन का।

स्कूल में सरस्वती पूजा धूमधाम से मनाई जाती थी। अमूमन सभी बच्चे अपने घर से पैसे लाया करते और फिर बाहर लगे मेले में चाट, समोसे, गोलगप्पे, जलेबियाँ, रबड़ी–सबका स्वाद चखते। शर्मा जी भी साल भर सरस्वती पूजा का इन्तज़ार किया करते। कल सरस्वती पूजा थी और शर्मा जी के मन में अभी से कुलबुलाहट हो रही थी...बचपन से अधीर प्रवृत्ति के शर्मा जी सुबह से ही अपनी माँ को कल का 'ठाकुर प्रसाद' पंचांग दिखा रहे थे... माँ सिलाई मशीन पर कुछ सिल रही थी...उसी समय चाचा अपने लड़कों को पैसे दे रहे थे। माँ ने न जाने क्या सोचकर शर्मा जी को चाचा से ही माँगने भेज दिया। शर्मा जी ने भी हाथ बढ़ा दिया...उस पर चाचा ने सबके सामने हँसते हुए कह दिया–"तुम्हारा ठेका हमने ले रखा है क्या?"

ऐसा सुनकर शर्मा जी ने स्वयं को इतना लज्जित एवं तिरष्कृत महसूस किया कि अपने चाचा से नज़र भी न मिला सके–जो हाथ फैलाया था वो भी धीरे से पीछे खींच लिया।

केवल दस रुपये की बात थी, माँ अगर चाहतीं तो ख़ुद भी दे सकती थीं। मगर उस क्षण चाचा के पास भेजने का क्या कारण था–यह रहस्य आज भी शर्मा जी के मन में अनसुलझा है। कोई सीख देनी थी? या बस लापरवाही थी? ख़ैर जो भी हो, लेकिन उस छोटी-सी बात ने उनके बालमन पर बहुत बड़ा आघात किया...उनके आत्मविश्वास को गहरी चोट दी।

शायद यही कारण था कि आज तक शर्मा जी किसी से अपने लिए कुछ माँग ही नहीं पाते। वह कड़वा क्षण उनकी आँखों के सामने आया। शर्मा जी ने हल्की-सी आँखें मींच लीं, पर भीतर से एक धीमी आवाज़ उठी–"यह भी बीत गया है...यह भी मात्र स्मृति है।"

फिर जवानी का एक दृश्य उभरा–

कॉलेज के दिन थे। उस समय शर्मा जी के जीवन में रोहिणी की उपस्थिति थी–मासूम-सी दोस्ती, जिसमें स्नेह और विश्वास दोनों धीरे-धीरे पनप रहे थे। रोहिणी के लिए तो तब तक वो 'जस्ट ए फ्रेंड' ही थे, लेकिन अधीर होने के अलावा, स्वभाव से अति-उत्साही एवं मस्तिष्क से अपार कल्पना-शक्ति के धनी होने के फलस्वरूप शर्मा जी रोहिणी के साथ जीवन-धारा की दिशा भी तय कर चुके थे! केवल तय ही नहीं किया था, बल्कि अपने उन दिनों के परम मित्र अनिल को साक्षी भी बनाया था। अनिल भी रोहिणी के साथ ही पढ़ता था और अक्सर उनकी मदद करता। धीरे-धीरे अनिल और रोहिणी के बीच एक सहज अपनापन बनने लगा। शायद अनिल शर्मा जी की योजनाओं से रोहिणी को भी अवगत करने लगा था!

रोहिणी शर्मा जी को इग्नोर करने लग गयी थी...इधर अनिल भी एकाध बार रोहिणी के साथ अकेला दिख गया था...कभी कैंटीन में तो कभी लाइब्रेरी में...मन में यह बात खटकने लगी। उनके भीतर एक अव्यक्त ईर्ष्या उठी। उन्हें लगा कि अनिल ही उन्हें रोहिणी से दूर कर रहा है। उन्होंने भीतर ही भीतर एक योजना बना डाली–मौका देखकर अनिल के बारे में रोहिणी को कुछ ऐसी मनगढ़ंत बातें कह दीं, जिसे सुनकर रोहिणी ने अनिल से भी दूरी बना ली।

उस दिन की स्मृति शर्मा जी की आँखों के सामने चलचित्र की तरह उभर आई–

रोहिणी का दोनों से दूर चले जाना...अनिल से फिर कभी नज़र न मिला पाना...यह सब सामने आ रहा था। शर्मा जी जानते थे कि उन्होंने अपने मित्र के विश्वास के साथ छल किया था। उन्होंने रोहिणी को अपने पास रखने की जिद में एक अच्छे मित्र को भी खो दिया था। उस समय लगा था कि यही जीत है, मगर इस घटना ने उनके भीतर कहीं अपराध-बोध का बीज बो दिया था।

अब ध्यान में बैठे हुए, वर्षों बाद वह दृश्य सामने आया। शर्मा जी का गला

सूख गया। उन्होंने उस मित्र की पीड़ा को अपने भीतर गहराई से महसूस किया। मन ने एक क्षण के लिए चाहा कि आँखें खोल लें, उस स्मृति से भाग जाये।

लेकिन शर्मा जी डटे रहे। उन्होंने देखा कि अनिल की आँखों का वह दर्द, रोहिणी के सामने बोले गये वे शब्द, सबकुछ जैसे एक लहर की तरह उनके भीतर उठ रहा है और फिर धीरे-धीरे थम रहा है।

भीतर से एक धीमी आवाज़ आई–

"यह भी बीत गया है। यह भी मात्र स्मृति है।"

और फिर इसी तरह जीवन के कई बड़े निर्णय–जिनमें हार थी, अपमान था, अकेलापन था, असफलताएँ थीं। वे सब चलचित्र की भाँति सामने आये। पर अब उनमें पहले जैसी कचोट नहीं थी। अब वे बस चित्र थे–स्मृतियों के चलचित्र, जिनसे अलग बैठा हुआ एक 'द्रष्टा' उन्हें देख रहा था।

स्वामी जी ध्यान से देख रहे थे। वे जानते थे कि शर्मा जी इस बार भीतर की लड़ाई, धीरे-धीरे ही सही, आंशिक रूप से ही सही, पर जीत रहे हैं। उनकी आँखें कभी काँप जातीं, पलकें कसकर मींच जातीं, मगर पहली बार शर्मा जी ने पलायन नहीं किया। उन्होंने सामना किया–अपने दुखों का, अपने विषाद का।

जब शर्मा जी की आँखें धीरे-धीरे खुलीं तो चेहरे पर हल्की-सी शान्ति थी। स्वामी जी उन्हें देख मुस्कुराए।

"शर्मा जी," उन्होंने धीमे स्वर में कहा, "यही साधना का सार है। स्मृतियाँ आयेंगी–मीठी भी, कड़वी भी। लेकिन वे मात्र स्मृतियाँ हैं। बीते हुए क्षण हैं। जब तक आप उन्हें पकड़कर अपने साथ ढोते रहेंगे, वे बोझ बनेंगी। जब आप उन्हें चलचित्र की तरह देखेंगे–साक्षी भाव से–तो वही स्मृतियाँ आपकी मुक्ति का साधन बन जायेगी।"

थोड़ा ठहरकर स्वामी जी ने और जोड़ा–

"मनुष्य की सबसे बड़ी भूल यही है कि वह स्वयं को अपने शरीर और मन से जोड़ लेता है। लेकिन 'द्रष्टा' बनकर देखो–तो शरीर केवल एक उपकरण है, मन केवल एक परदा है। इनके परे जो है, वही तुम्हारा वास्तविक स्वरूप है–शुद्ध चेतना।"

शर्मा जी गहरे ध्यान से सुन रहे थे।

7

स्वामी जी से विदा लेकर जब शर्मा जी उनकी कुटिया से बाहर निकले, तो लगा जैसे भीतर जमे पुराने पहाड़ को किसी ने अचानक से हिला दिया हो। बाहर झुलसाती हुई धूप थी...गर्म हवा में बलुई मिट्टी के धूल कण विचरण कर रहे थे, जैसे एयर फ्राई हो रहें हो। फिर उसी धूल के कुछ कण उड़ते-उड़ते शर्मा जी की आँखों तक भी पहुँच आये...अज़ीब-सी चुभन हुई और उस चुभन के साथ ही उठ खड़ा हुआ एक अज़ीब-सा वेग–

वेग–क्रोध का, घृणा का, हताशा का। अपने ही प्रति खीझ का वेग। अचानक से लगा, सब व्यर्थ है। ये गाँव व्यर्थ...ये संसार व्यर्थ...स्वामी जी के प्रवचन व्यर्थ...पत्रकारिता व्यर्थ...यह जीवन व्यर्थ।

'द्रष्टा', 'साक्षी'–ये सभी शब्द खोखले प्रतीत होने लगे। और न केवल खोखले बल्कि हवाई, किताबी और क्रूरतापूर्ण भी। ध्यान और योग का प्रशिक्षण प्रपंच लगने लगा और स्वामी जी का प्रवचन पाखण्डपूर्ण।

"ये जो बोझिल तन है, और थका हुआ मन है–यही यथार्थ है", शर्मा जी ने सोचा।

पगडण्डी पर चलते हुए वे ख़ुद से पूछते रहे–किसके लिए जी रहे हो? क्या चाहा था जीवन से? क्या दिया जीवन ने?

शहर में नौकरी करते समय तो फिर भी जीवन एक दिनचर्या की नित्यता में बँधा था। सुबह उठना, दफ़्तर जाना, सहकर्मियों के व्यंग्यबाणों को सहना और फिर आत्मदम्भ के ढाल से उन्हें मात भी दे देना। लेकिन, अब तो वह दम्भ भी नहीं रहा, वो भी चला गया...अब किसके सहारे जीवन?

न माता, न पिता, न परिवार, न दोस्त...सिर्फ़ वो चायवाला, जिसके घर में अब वे बोझ बनकर रह रहे हैं। ग़रीब के घर की रोटी निर्लज्जता से तोड़ रहे हैं।

पत्रकारिता में भी औसत दर्ज़ा—बस इतना कि लगे, काम कर रहे हैं। फेसबुक के एक-एक 'लाइक' के लिए तरसना।

"किस भविष्य की कल्पना में जी रहे हो? कौन-सा सूरज तुम्हारे लिए उगेगा? सुबह तो आयेगी ही—भूगोल के नियम से—पर तुम्हारे लिए क्या लायेगी? क्या अन्तर पड़ेगा अगर इसी क्षण मृत्यु आ जाये?"

"कुछ नहीं। कुछ भी नहीं।"

दोपहर की सुनसान सड़क...चारों तरफ तेज़ गति से बहती हवा...और उसमें सब कुछ ओझल होता हुआ...उन्हें लगा कि वे किसी अदृश्य खाई में उतर रहे हैं।

दर्शन, प्रवचन, ज्ञान—शब्दों के ये महल ताश के पत्तों की तरह ढहते जा रहे थे। भूख से तड़पते व्यक्ति के लिए अनाज की चाह भविष्य को जीने की इच्छा को ज़िन्दा रख सकती है, किन्तु एक लक्ष्यहीन, उत्साहहीन, भरे पेट वाले व्यक्ति को कौन-सा उत्साह जगाये?

ये दर्शन के चोंचले कहाँ अच्छे लगेंगे? जब सुन रहे थे तो पलायन-सा अनुभव हो रहा था। किन्तु अब तो यथार्थ सामने है—

वर्तमान, जो जीने योग्य नहीं।

भविष्य, जिसका कोई ठिकाना नहीं।

और भूत? भूत जिसमें छल के सिवा और मिला ही क्या?

बचपन फिर से याद आया—पिता का साया बहुत पहले उठ गया था। माँ बेचारी दूसरों के घर काम करती; बदले में कभी रोटी, कभी अनाज, कभी कुछ पैसे मिलते। सरकारी स्कूल के प्रांगण से होते हुए शर्मा जी किसी तरह कॉलेज पहुँचे और पत्रकारिता में डिप्लोमा किया।

यह सफ़र कभी भी आसान नहीं था।

बचपन में न जाने कितनी बार उन्होंने अपनी माँ को दूसरों की बेहूदी नज़रों से तार-तार होते देखा। माँ भी जानती थी, अपमानित भी महसूस करती। बालक शर्मा जी भीतर तक जल उठते थे। सोचते थे—काश पिता होते।

और वह भाई–माँ का लाडला। डॉक्टर बन गया। न माँ को याद रखा, न शर्मा जी को। आया भी तो तब, जब माँ की अन्तिम यात्रा थी।

पगडण्डी पर चलते-चलते शर्मा जी के पाँव अपने आप थम गये। वे इधर उधर देखने लगे। लगा जैसे रोहिणी पुकार रही है...धूल-कणों को पर्दों की तरह हटाने लगे। लेकिन, तब से आज तक इतने पर्दे पड़ गये थे कि वो कभी भी हटा नहीं पाते।

उनके होंठ सूख गये। आँखें खाली हो गयीं। भीतर एक वाक्य लगातार गूँज रहा था–"सब बेकार है। सब पाखण्ड है। सब झूठ है।"

"नहीं जीनी ऐसी ज़िन्दगी। नहीं करेंगे समझौता। नहीं फूँकेंगे नयी जान। नहीं बोयेंगे मन में उत्साह का एक नया बीज। नहीं करना है स्वयं से कोई समझौता।"

इसी आपाधापी में शर्मा जी तेज़ रफ़्तार से भागने लगे। आँखों के सामने जो अस्पष्टता बिखरी हुई थी, उससे कहीं दूर। कुछ दिख तो वैसे भी नहीं रहा था...पता नहीं कैसे, किस ओर एवं कितनी गति से भागे कि पन्द्रह मिनट बाद अचेत मिले–नदी में।

और मिले भी तो कैसे मिले?

वे दो मलत्यागी बच्चे जो दो घण्टे पहले अधनंगे लज्जित हो भागे थे... उन्होंने ही शर्मा जी को वहाँ पाया। दोनों ने उनके दोनों पाँव पकड़कर किसी तरह घसीटते हुए उन्हें नदी से सही सलामत बाहर निकाला।

लेकिन, अब यह ठीक-ठीक बता पाना मुश्किल होगा कि ये विधाता का न्याय था या उन दोनों बच्चों का प्रतिशोध कि जब शर्मा जी बाहर निकले तो गाँव भर ने देखा कि शर्मा जी के पैन्ट्स भी घुटने तक ही थे...ठीक वैसे जैसे दो घण्टे पहले उन दोनों बच्चों के थे।

8

होनी कहिये या ईश्वर की कृपा, जो भी कहना है कहिये, लेकिन यह जानकर निश्चिन्त हो जाइये कि शर्मा जी सुरक्षित थे।

इतने दिनों के अवसाद, सुबह से कुछ न खाने की कमज़ोरी, ऊपर से झुलसाती धूप और उड़ती धूल–इन सबके मिश्रित प्रभाव से उनका सिर ज़रा-सा चकरा गया और फिर वैसी अवस्था में मिल्खा सिंह की रफ़्तार में दौड़ने का कुत्सित प्रयास! नतीजा यह हुआ कि शर्मा जी अचेत अवस्था में नदी किनारे पाये गये। यह तो उनका सौभाग्य था कि उन दो बच्चों ने समय रहते देख लिया, वरना बात बिगड़ सकती थी।

घर लौटकर राजू ने उनके लिए पौष्टिक भोजन का इन्तज़ाम कराया। फिर उन्हें कमरे में सुलाकर बाहर आया।

शाम ढले शर्मा जी नींद से उठे तो। उसके बाद दोनों गाँव के 'कामद' की ओर निकल पड़े।

कामद दरअसल एक सामुदायिक चौपाल जैसा स्थान था–घरकूँच गाँव के सामाजिक जीवन का केन्द्र। यहाँ पुरुष इकट्ठा होकर गपशप करते। देश-विदेश के ज्वलन्त मुद्दों–जैसे कि "ट्रम्पवा फिर से आयेगा कि नहीं" इत्यादि पर बौद्धिक चर्चा करते।

समय के साथ कामद पर कई दुकानें और ठेले भी लग गये थे। ये छोटे-छोटे ठेले अब ग्रामीण अर्थव्यवस्था के सक्रिय अंग बन चुके थे। पर कामद पर केवल उन्हीं दुकानों को अनुमति थी, जो बौद्धिक विमर्श को न केवल प्रोत्साहन दें, बल्कि उसकी अवधि को भी बढ़ाएँ–जैसे बीड़ी-चाय, मूढ़ी-घुघनी-कचरी आदि की दुकानें।

सब्ज़ी या रोज़मर्रा की 'फालतू चीज़ों' जैसे कि सर्फ़ के लिए कामद पर कोई जगह नहीं थी। वहाँ केवल विचारों की ऊर्जा पर बल दिया जाता था।

कामद की भीड़ में लिंग का पक्षपात भले रहता हो, पर उम्र का नहीं। किशोरों से लेकर बूढ़ों तक, सबका अपना-अपना समय था। किसी ने यह नियम तय नहीं किया था कि कौन-सा वर्ग, किस समय, किसकी दुकान पर जुटेगा, परन्तु फिर भी स्वाभाविक रूप से एक व्यवस्था बन चुकी थी।

सुबह-सवेरे कामद पर बुढ़ऊ लोग अधिक संख्या में दिखाई देते–छड़ी टिकाये, बीड़ी सुलगाते और किसी अन्य पर तंज कसते हुए। कभी किसी की 'मेहरारु' ने कुछ बदमाशी की हो, कभी किसी की लड़की बिगड़ रही हो या किसी का लड़का लफुआ हो गया हो–इन सब विषयों पर बड़े सामाजिक सरोकार के साथ कामद पर चर्चा होती थी।

वहीं युवाओं की टोली ज़रा अलग मिज़ाज की थी। ये मोबाइल पर रील देखकर अपने आप को अपने बाप से भी ज़्यादा होशियार समझने लगे थे। इनकी माने तो गाँव का माहौल बुढ़ऊ लोगों ने ही ख़राब कर रखा था–अपनी दकियानूसी सोच को नयी पीढ़ी पर थोपकर।

उनके लिए कामद कोई 'बौद्धिक अखाड़ा' नहीं, बल्कि मूड फ्रेश करने का अड्डा था।

उनका भी विमर्श होता, पर वह ज़रा सुधारवादी किस्म का–जैसे कि "खैनी को हथेली में नहीं पीटना चाहिए...गँवार जैसा लगता है और फ़र्श भी गन्दा करता है।"

उनका मानना था कि खैनी की जो रेडीमेड पुड़िया सदर रोड में मिलती है, वो उपयोग की जानी चाहिए–बस चुपचाप एक निकाली, निचले होंठ में दबाई और फिर आराम से रस चूसते रहे।

उनका ध्यान एस्थेटिक्स पर रहता था।

गँवार दिखना या कहा जाना उन्हें कतई पसन्द नहीं था।

इन्हीं युवाओं में से जिसकी सरकारी दफ़्तरों में थोड़ी पहचान होती, वह व्हाँ का सर्वघोषित 'नेता' कहलाता। जान-पहचान का मतलब किसी भी स्तर के कर्मचारी से येन-केन-प्रकारेण काम करवा पाने की क्षमता से है। प्रमाणपत्र बनवाना हो या छोटे-मोटे काम निकलवाने हों–वही सब प्रबन्ध करता।

कुछ युवा उन्हें ईर्ष्यावश 'दलाल' कहते, लेकिन काम पड़ने पर सबसे पहले उन्हीं के पास पहुँचते।

ये नेता क़िस्म के युवा धीरे-धीरे अपनी-अपनी जाति की गणना और पहचान में फिट आने वाली पार्टी में जगह सुरक्षित कर लेते और फिर परम्परागत सीढ़ी से चढ़ते-चढ़ते माननीय भी बन जाते।

कामद के उस कोने पर एक चायवाला था–लोचन। लोचन किशोरों और युवाओं के बीच 'ज्ञानगुरु' के नाम से मशहूर था। कहते हैं कि उसके जमाने में वह इस पंचायत का इकलौता ऐसा युवा था जिसने रेलवे ग्रुप डी से लेकर 'यू.पी.एस.सी.' तक का फॉर्म भरा था और न केवल भरा था, बल्कि परीक्षा 'फेस' करके भी आया था। इसलिए करियर काउंसलिंग उसे ख़ूब आती थी।

यूँ तो वो किसी भी परीक्षा का प्रारम्भिक चरण भी पास नहीं कर पाया था, लेकिन गाँव-वालों का मानना था कि लोचन बेचारा केवल घूस नहीं दे पाया, इसलिए सरकारी नौकरी से वंचित रह गया।

लोचन दिनभर 'सफलता के मन्त्र' सुनाता–"देखो बेटा, टारगेट फिक्स करो, फिर फोकस होके पढाई करो"। यूँ तो इंटरव्यू बोर्ड के दर्शन कभी उसे हुए नहीं, लेकिन वो अक्सर ऐसी बातें करता जैसे पता नहीं कितने इंटरव्यू में बैठा हो।

"तुम लोगों में अवेयरनेस का बहुत कमी है...बताओ तो तुम्हारे शर्ट में कितने बटन हैं?", वो लड़कों से अचानक पूछ बैठता।

लड़के जैसे ही बटन गिनने के लिए सिर नीचे झुकाते, लोचन तुरन्त भड़क जाता।

"यही कम्पटीशन निकालोगे तुम लोग? जब बटन लगा रहे थे, तब ध्यान कहाँ था? जिस लड़के को कम्पटीशन क्लियर करना होता है, उसका दिमाग स्कैनर जैसा होना चाहिए...जैसे ही कुछ देखा, दिमाग़ में टेप हो जाना चाहिए।"

लड़के बेचारे यह सुनकर ज़रा निराश हो जाते।

अगली बार जब शर्ट का बटन लगाते वक़्त अवेयर रहते तो किसी और प्रश्न में फँस जाते।

"अगर पचास कपड़ा सूखने में दस घण्टा लगता है तो सौ कपड़ा सूखने में कितना घण्टा लगेगा?", लोचन पूछता।

"बीस घण्टा लगेगा", कोई तपाक से जवाब देता।

"अरे बीस घण्टा लगातार कहीं धूप होता है क्या? दो दिन का धूप लगेगा...मतलब अड़तालीस घण्टे", कोई सयाना उत्तर देता।

"अड़तालीस क्यों लगेगा, अगले दिन के तो शाम तक ही सूख जायेगा ना, इसलिए चौबीस जोड़ दस यानी चौंतीस घण्टा लगेगा।" कोई डेढ़ सयाना उत्तर देता।

अब ये लोचनवा के मूड पर होता कि उसे बच्चे की तारीफ़ करनी है या उसको दस लोगों के सामने बेइज़्ज़त करना है।

अगर बेइज़्ज़त करना होगा तो कहेगा, "सूरज के पास ऊर्जा का कमी है जी, तुम पचास सुखाओ की सौ सुखाओ...सब एक साथ दस घण्टे में ही तो सूखा देगा न। कौनो सूरज में लकड़ी डाल के आग जलाना होता है कि चूल्हा में एक समय में इतना ही लकड़ी ठूँस सकते हैं! इतना भी विवेक नहीं है तुम लोग में, क्या कम्पटीशन निकालेगा जी तुम लोग?"

वहीं अगर उसे किसी को शाबाशी देनी है तो कहेगा, "वाह बेटा, ये होता है कम्पटीशन क्लियर करने वाले का दिमाग...मैंने कहा नहीं, लेकिन देखो कितने चालाकी से इसने अज़्युम किया कि सूरज के पास भले ऊर्जा की कमी न हो, लेकिन कपड़ा सुखाने वाले के पास डोरी का कमी तो है! प्रैक्टिकल थिंकिंग बहुत ज़रूरी है। भला बताओ किसके घर में इतना डोरी होता है कि एक साथ सौ कपड़ा लटका दे?"

"तुम बहुत आगे तक जाओगे बेटा...तुम्हारे अन्दर ग्रुप डी क्लियर करने का बहुत सम्भावना है...तुम्हारा प्रैक्टिकल माइंड बहुत तेज़ है!", लोचनवा चालाकी से कहता।

घरकूँच में चहुँओर लोचनवा की ऐसी प्रतिष्ठा थी कि अगर कोई बच्चा लोचन के टेस्ट में सफल हो जाये तो बेचारे माँ-बाप निश्चिन्त हो सकते हैं कि लड़का आदमी बन जायेगा।

कहते हैं कि सदियों पहले विश्वविख्यात नालन्दा विश्वविद्यालय में एडमिशन लेने से पहले छात्रों को द्वारपाल महोदय द्वारा लिए गये साक्षात्कार को उत्तीर्ण करना होता था। तो बस यह समझ लीजिए कि घरकूँच गाँव

में किसका बच्चा आदमी बनेगा और किसका बच्चा नालायक, इसकी भविष्यवाणी कामद के द्वारपाल लोचन द्वारा की जाती थी।

कुल मिलाकर देखा जाये तो कामद गाँव की सबसे हैपनिंग जगह थी। कामद की कुछ और विशिष्टताओं से अवगत कराता हुआ आख़िरकार राजू शर्मा जी को लेकर कामद तक पहुँच चुका था। यह शर्मा जी के कामद-दर्शन का प्रथम अवसर था।

कामद में सभी दुकानों के आगे मचान लगे हुए थे। बाँस से बनी बेंचनुमा बैठने की व्यवस्था को मचान कहते हैं। अभी दोनों ऐसे ही एक मचान पर बैठे ही थे कि देखा एक बुज़ुर्ग की एक दुकानवाले से थोड़ी बहस होने लग गयी। कारण था उधार के पैसे न चुका पाना।

"सात सौ रुपया का बीड़ी और पानमसाला खा गये हैं...और अभी तक पेमेंट भी नहीं किये हैं...हमको भी तो होलसेलर वाला तगादा मारता है...", बिरजू दुकानवाले ने शिकायत करते हुए कहा।

"अरे तो हम तुम्हरा पैसा लेके भाग रहे हैं कोनो...वृद्धा पेंशन जैसे खाता में आयेगा, दे देंगे", बुज़ुर्ग ने सफाई दी।

सरकारी पैसे का इतना सदुपयोग शर्मा जी देख नहीं पाये।

"आप अपने भत्ते के पैसे से नशा करते हैं" उन्होंने आश्चर्य व्यक्त करते हुए पूछा।

"हमारा नहीं है...हमारी मिसेज का है...हमारा तो अगले साल से आयेगा...वो क्या है कि वोटर आईडी पर हमारी मिसेज हम से दो बरस बड़ी है...इसलिए उसका पहले आना शुरू हो गया...और नशा कहाँ ई तो राशन है! जैसे चावल-आटा ज़िन्दा रखता है, वैसे ही ई भी जिनगी में उत्साह भरता है..." खिसियानी हँसी के साथ उसने उत्तर दिया।

"आप भी खाया कीजिये, चेहरा पे थोड़ा हँसी आयेगा...नहीं तो दिन भर मुँह लट्टू की तरह गोल किये हुए घूमते रहते हैं...कहिये तो बिज्जुआ को कह के अपने साथ-साथ आपका भी नाम किसी-न-किसी पेंशन स्कीम में जोड़वा दें", बुज़ुर्ग ने हें हें हें हें हँसते हुए कहा।

इतने में संयोग से बिज्जुआ वहाँ आ गया। बुज़ुर्ग थोड़ा सकपकाया। अभी के लिए बिज्जू का इतना परिचय काफ़ी है कि वो एक युवा नेता है।

"अरे बिज्जू भैया, हम आपकी ही बात कर रहे थे अभी। ये बिरजू उधारी के पैसे को लेकर किचकिच कर रहा था...तो हम बोले कि अगर बिज्जू भैया का किरपा रहा तो पेंशन के पैसे से मुँह बन्द कर देंगे तुम्हारा!", बुजुर्ग लीपापोथी करते हुए बोला।

"हमारा पेंशन का जुगाड़ तो हो जायेगा ना, बिज्जू भैया?", बुजुर्ग ने हाथ जोड़कर पूछा।

"अरे कैसे नहीं होगा? इतना फील्ड जोतते हैं बिज्जू भैया...कोई मामूली बात है...बीडीओ, सीओ, दारोगा सबके मोबाइल में इनका नम्बर सेव है... एक रिंग में उठाता है सब। एक फ़ोन करते हैं तो जिसको चाहें उसको टाइट करवा देते हैं...", बिज्जूआ के सर्किट ने पूरे रौब से कहा।

दरअसल इस गाँव में 'मुन्ना भाई' और 'सर्किट' सरीखे रिश्ते बहुत प्रचलित थे। लगभग हर कोई किसी-न-किसी का 'मुन्ना भाई' या कम-से-कम किसी-ना-किसी का 'सर्किट' होता। जो गुरु की भूमिका में होता वो मुन्ना भाई, और जो चेले की भूमिका में रहता वो सर्किट। जैसे राजू को कई लोग शर्मा जी के सर्किट के रूप में ही देखते थे।

"बस तुम अपना मेहरारू के पेंशन में से जो पिछले तीन महीने से बिज्जू भैया का पेट्रोल-खर्चा के लिए एक पैसा भी नहीं दिये हो, वही तुम्हारा काम ख़राब कर सकता है...ये बात याद रखना", बिज्जू के सर्किट ने बुढऊ को थोड़ा हड़काते हुए कहा।

"तुमको क्या लगता है, गाड़ी फील्ड में ऐसे ही भागती है? उसको भी तो ईंधन की आवश्यकता है भई!"

"अब बिरजू दुकानवाले को देखो...इसने दो साल तक सरकारी ऑफ़िस में चप्पल घिसे पर फिर भी कुछ नहीं मिला! फिर बिज्जू भैया की शरण में आया। बिज्जू भैया ने विधायक जी के रिफरेन्स में बात कर इसके पेंशन की व्यवस्था करवा दी। अब ये कृतज्ञता में हमें पान खिलाता है। दिन में अगर कामद से दस बार भी गुज़रेंगे न, तो ये दस बार भी पान खिलायेगा।" ये कहते हुए उसने विश्वास से बिरजू पानवाले की तरफ़ देखा।

"ऐसे में तो जितना का पेंशन नहीं है, उतना का ये लोग पान ही खा लेगा" मन ही मन सोचकर बिरजू ने अपना माथा नीचे कर लिया।

"और एक तुम हो जिसका आँख में कोई पानी ही नहीं है...जेन्युइन पेट्रोल ख़र्चा देने में भी काँय-काँय करते हो। सर्किट ने पुनः बुजुर्ग को धोपा।

बिज्जुआ उर्फ़ बिज्जू भैया शर्मा जी को पहली नज़र में ही नहीं भाया। शर्मा जी की माने तो बिज्जू के रूप में उन्हें 'लफुआ' शब्द का सबसे उपयुक्त उदाहरण सामने खड़ा मिला।

दाढ़ी और बाल–दोनों साउथ के डब किये हुए सिनेमा के हीरो जैसे बढ़े हुए। रॉयल एनफ़ील्ड की सवारी और उस पर सत्तारूढ़ पार्टी का फहराता हुआ झण्डा, साथ ही नम्बर प्लेट के नीचे शेर के मुँह की छवि के साथ बिज्जू भैया की जाति बड़े गर्व से लिखी हुई।

नीली पॉलिएस्टर की शर्ट–दो बटन खुले हुए।

खादी का उजला पैंट, जो कमर से ज़रा नीचे टिका रहता, ऐसे कि ग़लती से अगर शर्ट ज़रा बाहर निकल जाये तो गुप्तांगों का सार्वजनिक प्रदर्शन तय था।

पैरों में रीबॉक नहीं, रीबुक के जूते और कलाई में पीतल का कड़ा।

अभी शर्मा जी बिज्जुआ का अवलोकन कर ही रहे थे कि बिरजू पानवाले ने बिज्जू और उसके सर्किट दोनों के हाथों में एक-एक पान थमाया। दोनों ने गुलेरी मुँह में दबायी और फट-फट की आवाज़ करते हुए बुलेट पर सवार हो साँय से निकल पड़े।

उनके जाते ही राजू ने प्रस्ताव रखा–

"क्यों न मूढ़ी-कचरी खाई जाये?"

और तत्परता से दो प्लेट 'नाश्ता' का ऑर्डर दे दिया।

यहाँ 'नाश्ता' का मतलब बस एक ही था–मूढ़ी-कचरी। थोड़ी देर बाद, जब दोनों मूढ़ी के साथ कचरी के चटकारे ले रहे थे, तब शर्मा जी ने राजू से बिज्जू भैया के चरित्र को थोड़ा विस्तार से बतलाने का आग्रह किया। राजू ने मुस्कुराते हुए मूढ़ी की एक मुट्ठी मुँह में डाली और बोला–

"चलिए, आरम्भ से प्रारम्भ करते हैं..."

9

"...तो शर्मा जी," राजू मूढ़ी चबाते हुए कहा–

"बिज्जू भैया वो शख़्स हैं जो वक़्त और माहौल के हिसाब से बिज्जुआ से बिज्जू भैया बन जाते हैं। इस बार तो सुनने में आ रहा है कि सरपंच का चुनाव जीतकर जनप्रतिनिधि सरपंच महोदय माननीय बिजया प्रसाद भी बन सकते हैं। विधायक जी का पूरा आशीर्वाद है उन पर!"

राजू ने आगे जोड़ा–

"वैसे तो अब विधायक महोदय के कई सर्किट हैं, लेकिन बिज्जू भैया उनके सर्किट-इन-चीफ़ हैं। बिज्जू भैया की फेसबुक देखेंगे तो समझ में आयेगा कि उनका कितना उठना-बैठना है विधायक जी के साथ। हर पोस्ट–

'विधायक जी के साथ विकास की समीक्षा',

'विधायक जी संग सेवा-भाव',

'विधायक जी के पथ पर चलने का प्रण' आदि आदि।"

शर्मा जी मुस्कुराए, तो राजू थोड़ा झुककर बोला–

"कहते हैं कि अफ़सर लोगों में भी धाक है। लेकिन ऐसा हमेशा नहीं था।"

राजू कचरी चबाते हुए बोला–

"बिज्जुआ के बाप की नौकरी थी ब्लॉक ऑफ़िस में–नाईट वॉचर की। फलस्वरूप ब्लॉक कैंपस के अन्दर ही एक चतुर्थवर्गीय कर्मचारी का क्वार्टर मिल गया था रहने को। बिज्जुआ वहीं पे जन्मा था, वहीं बड़ा हुआ। बिज्जू भैया की प्रगति से जलने वाले लोग कहते हैं उसके बाप ने तो कभी बीडीओ साहब को सीधे-सीधे देखा भी नहीं था। जब उसकी ड्यूटी शुरू होती तो बीडीओ साहब ऑफ़िस से घर को चले जाते। कभी रह भी गये हों तो बिज्जुआ

का बाप कभी उन्हें देखने का साहस ही नहीं कर पाता...आँखें ज़मीन में गाड़ कर ही सलाम करता।"

"लेकिन बेटा? बेटा कुछ और निकला," राजू ने दाँत से मूढ़ी चबाते हुए कहा।

"जब बड़ा हुआ तो कहने लगा कि ब्लॉक को बीडीओ से ज़्यादा तो वो ही जानता है। बीडीओ तो आता है, साइन मारता है और फिर ट्रांसफर होके चला जाता है। लेकिन, वो तो बचपन से ही बीडीओ ऑफ़िस के प्रांगण में पला-बढ़ा है।"

"धीरे-धीरे उसने किरानियों से दोस्ती जमाई, फिर बड़ा बाबू तक पहुँच गया। फिर क्या था, जो फाइल जिस समय बीडीओ साहब के टेबल पर पहुँचवानी होती, वो ठीक उसी समय पहुँचवा लेता। पैसे भी कमाने लगा और रसूख भी।"

राजू ने हँसते हुए कहानी जारी रखी–

"फिर आये दो-एक ऐसे भी बीडीओ जो ख़ुद भी कमाने के शौक़ीन थे। बिज्जू ने उनके साथ बहुत जल्दी 'नज़दीकी' बना ली। ऐसा कहते हैं कि उन दिनों विधायक जी एक छोटे-मोटे कांट्रैक्टर हुआ करते थे। वर्क ऑर्डर के लिए सरकारी दफ़्तरों के चक्कर काटा करते थे। चूँकि, काम भी कुछ ख़ास नहीं करते थे, इसलिए टेण्डर उनको बिरले ही मिलता। लेकिन, जैसे-जैसे वो बिज्जू के सम्पर्क में आये, ब्लॉक के अधिकतर टेण्डर्स उन्हीं को जाने लगे।"

"फिर?", शर्मा जी ने पूछा।

"फिर क्या था...विधायक जी अगले चुनाव में कांट्रैक्टर से विधायक जी बन गये और बिज्जुआ बन गया बिज्जू भैया।"

"जिसका बाप कभी बीडीओ को आँख उठाकर देख नहीं पाया, आज वही विधायक जी के नाम पर बीडीओ को कभी-कभी धमका भी देता है..." राजू ने मुस्कुराते हुए कहा।

राजू आगे बोला–

"लेकिन सुनने में आया है कि आजकल बिज्जू भैया को पैसों की थोड़ी कमी है। चूँकि अब विधायक जी ख़ुद माननीय बन गये हैं, तो कांट्रैक्टरी का धन्धा छोड़ दिया है। उधर बिज्जू भैया की भी महत्त्वाकांक्षा बढ़ी है–इस बार

चुनाव में ख़ुद उतरना चाहते हैं। तो बस, जो जहाँ से बन पड़े, वहीं से धनसंग्रह अभियान चल रहा है।"

"लेकिन ग़ज़ब शान है उनकी और मौज़ भी! उनका फ़ार्म-हाउस भोज मशहूर है...पिछली बार विधायक जी के चुनाव के समय किया था...इस बार अपने लिए करेंगे। अभी हफ़्ते भर बाद ही भोज-सह-ऑर्केस्ट्रा का आयोजन है। यही चुनाव की प्रारम्भिक तैयारी है। जिसका भोज जितना बड़ा, उसकी उतनी ही धाक।"

"अब आप ही बताइये शर्मा जी, जो सौ-पचास आदमी को भोज भी नहीं खिला पायेगा, वो इतना बड़ा पंचायत क्या सँभाल पायेगा...है कि नहीं?", राजू बोला।

"बिज्जू के प्रतिस्पर्धा में कोई और नहीं उठ रहा चुनाव में?", शर्मा जी ने पूछा।

"उठेगा एक बिनेश्वर...लेकिन उसको कुकुर भी नहीं पहचानता है...न भोज देने का पॉवर है, न ही कोई काम करवा पाने का।", राजू ने जवाब दिया।

"ख़ैर, छोड़िये ये सब...आप तो यह बताइये कि आपको मूढ़ी-कचरी कैसा लगा?, राजू ने शर्मा जी से पूछा।

'बढ़िया है', ऐसा कहकर जैसे ही शर्मा जी अन्तिम कचरी की ओर हाथ बढ़ाते, उससे पहले ही राजू ने कहा–

"बढ़िया तो है लेकिन आप अब मत खाइये। आधे से अधिक कचरी अकेले ही खा लिए हैं। ये अन्तिम वाला अब मैं खा लेता हूँ, नहीं तो आपका पेट ख़राब हो जायेगा।"

"चलिए, अब घर की ओर लौटते हैं।" राजू उठते हुए बोला।

दोनों तीन-सेलिया टॉर्च जलाकर घर की तरफ़ निकल पड़े।

10

कुछ दिन यूँ ही बीत गये–कभी कामद पर बैठते, कभी स्वामी जी के सानिध्य में, तो कभी कबीर मण्डली के संग।

यह शाम का समय था। शर्मा जी ने देखा कि राजू नहा-धोकर कहीं जाने की तैयारी में लगा हुआ था।

"क्या बात है राजू, आज ऐसे परफ्यूम लगाकर कहाँ निकलने के लिए तैयार हो रहे हो?", शर्मा जी ने मुस्कुराते हुए पूछा।

"अरे वो बताया था न–बिज्जू भैया के भोज-सह-ऑर्केस्ट्रा वाले प्रोग्राम के बारे में...वो आज ही तो है। उसी के लिए माथा में थोड़ा गमकौआ तेल घस लिए...लेकिन आप ऐसे क्यों बनियान और हाफ-पैंट में चहलकदमी कर रहे हैं? चलिए, जल्दी से तैयार हो जाइये...समय से पहुँचना है न वहाँ।", राजू ने कंघी से केश का सीट फाड़ते हुआ कहा, मानो स्वयं स्टेज पर सिरकत करने का इरादा है।

शर्मा जी को याद भी नहीं था कि कभी राजू समय पर ऑफ़िस पहुँचा हो...लेकिन ऑर्केस्ट्रा के मामले में राजू काफ़ी पंक्चुअल निकला।

"अच्छा! तो ये सारी तैयारी ऑर्केस्ट्रा के लिए है?" शर्मा जी ने थोड़े विनोद से पूछा।

"उ सब मौगयी में हम नहीं रहते हैं, बस भोज खाके चुपचाप घर आ जायेंगे", राजू ने तपाक से जवाब दिया...शायद इसलिए क्योंकि रनिया भी समीप ही खड़ी थी।

"तब तो आधा घण्टा में आपलोग वापस भी लौट आईयेगा...नहीं?", रनिया ने जान-बूझ कर प्रश्न किया।

"नहीं जी...कैसा बात करती हो! आधा घण्टा तो भोज का लाइन में ही लग जायेगा...और फिर गाँव-घर का आदमी है तो कुछ बोलना अच्छा भी नहीं लगेगा। तुम बस इतना मानकर चलो कि लेट नाईट तो हो ही जायेगा...", राजू ने स्वयं को किसी कमिटमेंट में बाँधना उचित नहीं समझा।

"क्यों शर्मा जी, ठीक कहे न?", राजू शर्मा जी की तरफ़ देखकर बोला।

शर्मा जी कुछ बोले नहीं, बस मुस्कुरा दिये। मन ही मन समझ रहे थे कि 'मौगयी' करने का मन तो पूरा है राजू का, लेकिन दिखाना नहीं चाहता है।

अलबत्ता थोड़ी ही देर बाद दोनों तैयार होकर बिज्जू भैया के फ़ार्म हाउस की ओर निकल पड़े। चारों तरफ हरियाली और बीच में 'व्हाइट हाउस'– बिजली की लड़ी से सजा, दूर से ही जगमगा रहा था।

"जब से बिज्जू भैया विधायक जी को चुनाव जीतकर पटना में आवास पाते देखे हैं...तब से उनके अन्दर भी बेली रोड में एक आवास प्राप्त करने का चाहत जनम ले लिया है...इसलिए उनका मानना है कि उनका असली आवास तो पटना में ही होगा, गाँव वाला तो केवल फ़ार्म हाउस है। फ़ार्म हाउस इसलिए, क्योंकि फ़ार्म के बीचोंबीच है।", राजू थोड़ा सन्दर्भ समझाते हुए बोला।

"पहले इसका रंग आसमानी था...लेकिन विधायक जी की नक़ल के चक्कर में इसको उजला रंग में रंगवा दिया है...बिल्कुल 'व्हाइट हाउस' की तरह...", राजू ने आगे बताया।

कई गाँव वाले बेचारे 'फ़ार्म हाउस' कह नहीं पाते...तो अपभ्रंश के तौर पर उसे 'फामोस' ही कहने लगे–"फामोस में भोज है आज!"

ख़ैर, फामोस आज सचमुच बहुत सुन्दर लग रहा था। बगल वाले परती खेत में ही शामियाना टाँगकर मंच सजा दिया गया था, जिसमें ऑर्केस्ट्रा का रंगारंग कार्यक्रम जारी था।

भीड़ थोड़ी संशय में नज़र आ रही थी...पहले भोजन का आनन्द लिया जाये या नृत्य का? यानी कि पहले जठराग्नि को बुझाया जाये या कामाग्नि को?

कुछ अति-समझदारों ने सैंडविच पैटर्न की रणनीति बनायी–पहले ठूँस के खा लेंगे...फिर ऑर्केस्ट्रा का आनन्द लेंगे...तब तक भोजन भी पचता रहेगा...

फिर पुनः जाते समय एक राउण्ड और खाकर रवाना होंगे। ऐसे में ऑर्केस्ट्रा और भोज–दोनों का पुरज़ोर आनन्द आयेगा।

शर्मा जी तो सीधे भोज-स्थल की तरफ़ ही बढ़े। उन्हें गाँव के भोज में व्यंजनों और पकवानों की इतनी विविधता का अन्दाज़ा नहीं था। शर्मा जी ने सोचा शायद सारा 'पेट्रोल-ख़र्चा' इधर ही ख़र्च कर दिया। ख़ैर जो भी हो, इकोनॉमिक रीडिस्ट्रीब्यूशन का यह अनूठा उदाहरण बहुत पसन्द आया।

खाते-खाते राजू का ध्यान बार-बार ऑर्केस्ट्रा की ओर आकर्षित हो रहा था।

"ई लोग इतना काहे चिल्ला रहा है...कुछ बेसी बढ़िया प्रबन्ध हो गया है का?", राजू ने मन ही मन सोचा।

"हम कह रहे थे शर्मा जी,"–कहते-कहते उसने आख़िर कह ही दिया –"जब इतनी दूर आये हैं तो एक बार ऑर्केस्ट्रा वाला टेंट में भी थोड़ा झाँक ही लेते हैं...देखें तो स्टेज व्सटेज कैसा हुआ है...ये सब से भी तो अनुभव ही होता है न जी! इवेंट मैनेजमेंट भी तो सीखना चाहिए न...और आपको भी कहाँ रोज़-रोज़ मौक़ा मिलेगा ऑर्केस्ट्रा देखने का...चलिए पाँच मिनट देख ही लिया जाये।", राजू बिना सहमति की प्रतीक्षा किये आगे बढ़ा।

यूँ तो ऑर्केस्ट्रा अंग्रेज़ी का एक शब्द है, जिसका मूल अर्थ है–वाद्य-यन्त्रों का समूह जो मिलकर संगीत प्रस्तुत करता है। जैसे कि सिम्फनी ऑर्केस्ट्रा, जिसमें कई संगीतकार (वायलिन, फ्लूट, ट्रम्पेट, ड्रम आदि) मिलकर शास्त्रीय संगीत बजाते हैं। लेकिन लोक सन्दर्भ में इसका मतलब थोड़ा अलग है, यहाँ यह एक स्थानीय मनोरंजन कार्यक्रम होता है जिसमें मंच पर नर्तकियाँ फ़िल्मी या भोजपुरी गीतों पर नाचती हैं।

जब दोनों अन्दर घुसे तो पाया कि दो गुटों के बीच आन का युद्ध शुरू हो गया था–और मजे ऑर्केस्ट्रा वाले ले रहे थे।

मंच पर एंकर की आवाज़ गूँजी–

"वाह भाई वाह! बलदेव बाबू ने ख़ुश होकर पूरे 151 रुपये दिये हैं! ऐसे रसूख़दार और कला-प्रेमी इस गाँव में और कहाँ!"

भीड़ तालियाँ बजा रही थी। लेकिन, इस बात ने सीधे सुखदेव बाबू के अहं को ठेस पहुँचाया।

उन्होंने तपाक से 161 रुपये नाज़िर कर दिये।

एंकर ने तुरन्त माहौल बनाया–

"अरे वाह! सुखदेव बाबू के तो क्या ही कहने! कुछ भी कहिये, ज़मींदारों की बात ही अलग होती है...इनसे बड़ा दिलदार नहीं देखा कहीं।"

और फिर बलदेव बाबू की ओर देखते हुए धीरे से बोला, "और शायद कहीं दिखेगा भी नहीं!"

अब तो मानो यह अखाड़ा बन गया।

बलदेव बाबू ने दाँत भींचे, जेब में हाथ डाला और एक ही बार में 201 रुपये दे कर सोचा कि सुखदेववा का कमर ही तोड़ दिया जाये।

लेकिन ये क्या, सुखदेव ने तो 251 भेंट कर दिया।

बलदेव बाबू ने तुरन्त अपनी कमर की तरफ़ हाथ बढ़ाया...लेकिन धोती में तो अब केवल एक सौ रुपये का नोट और खैनी की एक स्टील वाली चुनौटी ही बची थी। थोड़ा अपमानित महसूस करने लगे तो किसी ने सलाह दिया कि एक बीघा ज़मीन ही लिख दिया जाये।

बलदेव बाबू अभी मूड बना ही रहे थे कि अन्तिम वार बिज्जू भैया ने किया –एक ही झटके में 2501 रुपये भेंट कर सारा खेल ही समाप्त कर दिया।

अब उनके सामने तो कोई क्या ही कहता, ऑर्केस्ट्रा के आयोजक जो ठहरे। अन्ततः बलदेव बाबू के मन में भी यह सन्तोष रहा कि वो चोट्टा सुखदेववा बड़ा नहीं बन पाया। सबसे बड़ी बात कि भला हो बिज्जू भैया का जो उन्होंने सही समय पर हस्तक्षेप किया और उस रात बलदेव बाबू का एक बीघा ज़मीन बच गया, नहीं तो आन के चक्कर में वो कान कटवा बैठते।

11

"होनी और अनहोनी..."

ऑर्केस्ट्रा वाली उस शाम को स्वामी जी की आवाज़ में एक गहरा, धीमा कम्पन था–

"दोनों ही माया के खेल हैं। जैसे एक ही सूर्य–किसी के लिए प्रकाश, तो किसी के लिए तपन। जो लाभ में है, उसके लिए वही 'होनी'...और जो हानि में है, उसके लिए वही 'अनहोनी'। माया न किसी की है, न किसी के लिए ठहरती है।"

उन्होंने ज़मीन पर पड़ी सूखी मिट्टी को हथेली में लेकर मसलते हुए कहा था–

"माया का स्वभाव ही ऐसा है–जहाँ खेत में फसल लहलहाती है, वहीं बगल का कुआँ सूखने लगता है। जहाँ एक हाथ भर पानी उभरता है, वहीं किसी और जगह उतनी ही प्यास बढ़ जाती है। विकास एक तरफ़ होता है, क्षरण दूसरी तरफ़। अन्त में–सब फिर शून्य में लौट जाता है।"

सुनने वालों को उनका यह प्रवचन उबाऊ और भारी-भरकम लगा था। पर कोई नहीं जानता था--यही वाक्य शीघ्र ही उनके लिए भविष्यवाणी बन जायेंगे।

कबीर मण्डली के कुछ सदस्य ऐसे तो भजन-कीर्तन में लीन दिखते, पर भीतर से ऑर्केस्ट्रा के भी दीवाने थे। कोई टोके तो हँसते हुए एक दोहा गा देते–

"मस्ती में जो जी सके, वो दरिया पार कर जाये।
मन जपता रहे नाम का, जग में खेल दिखाये।"

कबीर को गाते-गाते वे इतने उस्ताद हो चुके थे कि कब कबीर को गा रहे हैं और कब अपनी रचनात्मकता प्रदर्शित कर रहे हैं, गाँव वाले बेचारे समझ ही नहीं पाते। सोचते शायद कबीर ने ही ऐसा कहा होगा।

"मन में चौबीसों घण्टा स्वामी जी का प्रवचन और कबीर जी का दोहा ही नाचते रहता है...आँख के सामने चाहे जो भी नाचे।", खिखियाते हुए वे अपनी 'आध्यात्मिक' प्रतिष्ठा बचाते।

इन्हीं में एक था नरहरि। ऑर्केस्ट्रा के प्रति दीवानगी के बावजूद वह 'आध्यात्म' में कुछ ज़्यादा ही गम्भीर था। ऑर्केस्ट्रा वाली शाम प्रवचन में बैठने वालों में वह भी शामिल था। उसी ने अक्षरशः स्वामी जी का 'होनी और अनहोनी' वाला प्रवचन पूरे गाँव में सुनाया था।

"मुझे क्या पता था कि स्वामी जी का वह आख़िरी प्रवचन होगा...और उसके बाद ही वह अन्तर्ध्यान हो जायेंगे," उसने भर्राई आवाज़ में कहा था।

गाँव में एक खालीपन सा छा गया था—स्वामी जी नहीं रहे। न कोई शव, न कोई अन्तिम संस्कार। जहाँ वे रोज़ बैठते थे, वहाँ बस उनके वस्त्र पड़े थे। वे स्वयं...कहीं नहीं।

किसी ने कहा—"गाँव में लफुआ लोगों की संख्या बढ़ गयी थी, ऐसे में स्वामी जी जैसे लोग कैसे रहते भला!"

कोई स्वामी जी के ही अन्दाज़ में चेलत्व का परिचय देते हुए कहता—"यही तो माया का स्वभाव है...जहाँ प्रकाश, वहीं अन्धकार।"

शर्मा जी अवाक थे—इतिहास में जिन्होंने भी समाधि ली, उन्होंने शरीर त्याग किया। लेकिन, ऐसा कैसे हो सकता है कि बिना देह त्यागे देह का विलय?

अब यह तो सबकी समझ से परे था कि स्वामी जी गाँव के नैतिक पतन से क्षुब्ध होकर अन्तर्ध्यान हुए या फिर योग विद्या से देह का ही विलय कर दिया। लेकिन जिस सधे हुए ढंग से उन्होंने अपना वस्त्र अपने आसन पर छोड़ा था, वह स्वयं एक गूढ़ संकेत बन चुका था।

स्वामी जी गये भी तो कितने रहस्यात्मक ढंग से—मानो उनका जाना भी कोई अन्तिम संकेत हो। कैसा अद्भुत सांकेतिक जीवन था उनका।

शर्मा जी सोच में पड़ गये–

"क्या संकेत ही वास्तविकता है, और स्पष्टता केवल एक व्यावहारिक भ्रम? क्या जीवन वस्तुत: संकेतों में बँधा एक पारदर्शी ढोंग मात्र है?"

सच ही तो है–हर क्षण सारा ब्रह्माण्ड हमें संकेत दे रहा होता है। हमारा शरीर हमें संकेत दे रहा होता है। हम स्वयं भी, जाने-अनजाने, दूसरों को संकेत दे रहे होते हैं।

फिर इन संकेतों को मायनों में ढालने में ही हमारा पूरा जीवन बीत जाता है–हर शब्द के मायने, हर हाव-भाव के मायने, हर घटना और दुर्घटना के मायने, हर होनी और अनहोनी के मायने।

हमने अपनी सुविधा के लिए इन संकेतों को सुलझाने के अपने-अपने उपाय गढ़ लिए हैं–एक साँचा, एक पैटर्न बना लिया है। फिर हम हर प्रतिक्रिया, हर अनुभव को उसी साँचे में ढालकर यह मान लेते हैं कि हमने अर्थ पा लिया है। लेकिन जब कोई संकेत इस साँचे में नहीं समाता...तभी बेचैनी जन्म लेती है। जो कुछ भीतर तक कचोटता है, उसका स्रोत अक्सर किसी ऐसे अनसुलझे संकेत में ही छिपा होता है।

स्वामी जी के अन्तर्ध्यान की घटना को किसी भी साँचे में ढाल पाना कठिन था। इसलिए वह स्पष्ट समझ के दायरे से बाहर रही। पर शायद स्वामी जी जैसे व्यक्ति के लिए प्रस्थान का इससे सुन्दर, इससे गहरा कोई और संकेत हो भी नहीं सकता था।

12

अभी स्वामी जी के गये दस ही दिन हुए होंगे कि घरकूँच में एक अज़ीबोग़रीब घटना घटी। सुबह का वक्त था—सड़क पर हल्की धुन्ध थी और पक्षियों की चहचहाहट में अचानक एक तीव्र चीख गूँज उठी।

उत्तरटोली का सवध भागता हुआ सड़क पर चिल्ला रहा था—"अरे बचाओ...मेरे घर के चापाकल से ख़ून निकल रहा है!"

लोग हड़बड़ाकर अपने-अपने आँगन से बाहर झाँकने लगे। कुछ दौड़ पड़े, कुछ दरवाज़े पर ही खड़े रह गये। सवध की साँसें उखड़ी हुई थीं, चेहरे पर आतंक की परछाई थी। भीड़ उसके घर की ओर चल पड़ी। शर्मा जी और राजू भी वहीं पहुँचे।

जैसे ही किसी ने चापाकल चलाया, बाल्टी में टप-टप कर गिरते पानी में एक अजीब-सी गन्ध और लालिमा तैरने लगी—धीरे-धीरे वह पानी गाढ़ा होकर बिल्कुल खून जैसा दिखने लगा।

भीड़ में सन्नाटा छा गया।

किसी ने फुसफुसाकर कहा, "कल रात जो भूकम्प आया था...वह किसी अनिष्ट का संकेत था।"

दूसरा बोला, "स्वामी जी के जाने के बाद ही तो सब शुरू हुआ है। धरती शापित हो गयी है।"

दो दिन बाद सवध के भाई नवध के घर भी वही हुआ। फिर बगल के दो घरों से भी वैसी ही ख़बर आयी। हर जगह एक जैसा पैटर्न...पहले हल्की लालिमा, फिर धीरे-धीरे पानी का पूरा रंग बदल जाना।

शुरुआत में गाँव-वालों ने उन परिवारों को ही निजी रूप से दोषी ठहराया।

कोई बोला, "सवधवा है भी तो चोट्टा...दूध में पानी मिलाकर बेचता है, इसीलिए उसके घर के पानी का रंग ही लाल हो गया। अब मिलाते रहो क्या मिलाना है।"

"नवधवा भी तो वैसे ही है...दोनों भाई ने हराम का कमाई खाया है, इसलिए अब पानी भी ख़रीदकर पीना पड़ रहा है।", दूसरे ने कहा।

"कहते हैं इन्सान को उसके कर्मों की सज़ा यहीं इस जन्म में ही मिलती है", प्राथमिक विद्यालय के प्राचार्य–जो कि बारी-बारी से सवध और नवध दोनों की मिलावटी दूध के द्वारा प्रताड़ित थे–इन दिनों जब भी कामद पर बैठते और रक्त-सदृश-पानी पर चर्चा होती तो सबको यही कहते।

लेकिन जैसे ही यह घटना बिज्जू भैया के व्हाइट हाउस तक पहुँची, गाँव की हवा ही बदल गयी। यूँ तो कई दिनों तक बिज्जू ने सबसे यह बात छुपाये रखी। मगर एक दिन किसी ने देखा कि उसके एकदम से उजले वस्त्रों में पीलेपन की आभा उतर आई है–ठीक वैसी ही, जैसी सवध और नवध की बहत्तर छेदों वाली गंजी में थी। लोगों को शक हुआ कि हो न हो, व्हाइट हाउस का पानी भी अब लाल हो चुका है।

कामद पर बैठे बुजुर्गों की गोष्ठी में कानाफ़ूसियाँ तेज़ हो गयीं–"अरे यही तो वो अभद्र ऑर्केस्ट्रा लाया था जिसके कारण स्वामी जी सब छोड़ कर परमात्मा में लीन हो गये। अगर इसको सज़ा नहीं मिलेगी तो और किसको मिलेगी?"

वहीं बिज्जू के समर्थक बचाव में कहते, "बिज्जू भैया तो सबका मनोरंजन करवाते हैं, सबका इतना मदद करते हैं...वो नहीं रहेंगे तो प्रशासन में कोई सुनेगा हमको? ऐसे भगवान जैसे आदमी पर ऐसा लांछन लगाते हैं ये लोग। काम रहेगा तो बिज्जू भैया का ही चाटेंगे और पीठ पीछे चुगली भी करेंगे। एकदम हरामी हैं इस गाँव के लोग।"

बिज्जू स्वयं भी कुछ दिनों तक सफाई देता रहा–

"अरे वो थोड़ा पान का दाग लग गया था, धोने के लिए सादा पानी में डाले तो दाग लेभरा कर सारा शर्ट में लग गया।"

लेकिन नेता आदमी की बात कब छुपती है–किसी-न-किसी सूत्र के हवाले गाँव के कोने-कोने तक यह ख़बर आख़िरकार पहुँच ही गयी।

ग़ौरतलब था कि अब तक इस प्रकरण में शर्मा जी और राजू ज़्यादा भूमिका नहीं निभा रहे थे क्योंकि उनके यहाँ अभी तक यह समस्या नहीं आयी थी। संयोग से जब तक वे स्वयं इसके भुक्तभोगी बने, तब तक गाँव के लिए यह एक सर्वव्यापी समस्या हो चुकी थी। खेतों तक में लाल पानी आ रहा था। छुप-छुपकर बातें करने का अब कोई मतलब नहीं रह गया था।

आकस्मिक ग्राम सभा बुलायी गयी। सब लोग इकट्ठे हुए। ऐसे तो ग्राम सभा में कम ही लोग आते थे, लेकिन आज इस क़दर भीड़ थी कि चींटी को भी निकलने की जगह नहीं थी। कोई भूमि-शुद्धिकरण की बात कर रहा था तो कोई गाँव छोड़कर चले जाने की।

तभी शर्मा जी ने चुप्पी तोड़ी।

"हमें पहले पानी की वैज्ञानिक जाँच करवानी चाहिए," उन्होंने दृढ़ स्वर में कहा।

"पता तो चले यह लालिमा है क्या। हम प्रखण्ड कार्यालय में दरख़्वास्त दे सकते हैं।"

भीड़ में एक हलचल-सी हुई—लोग सहमत भी थे, मगर आशंकित भी।

"इतनी दरख़्वास्तें जाती हैं वहाँ...कौन सुनता है," किसी ने कहा।

दूसरे ने तर्क दिया—"पर बिज्जू भैया हैं न! उनके रहते हमारी दरख़्वास्त कैसे इग्नोर होगी?"

योजना बनी कि बिज्जू भैया सबके हस्ताक्षर वाली दरख़्वास्त ले जाकर अपनी पैरवी लगाकर तीन दिन में जाँच करवा देंगे।

एक...दो...तीन...चार...पाँच दिन बीत गये। जाँच तो दूर कोई हाल तक पूछने नहीं आया। अब गाँववालों का सब्र जवाब दे रहा था। एक और सभा बुलायी गयी...इसमें बिज्जू अनुपस्थित रहा। लोगों को उसका यह रवैया पसन्द नहीं आया। वे तरह-तरह की बातें करने लगे।

"उसकी औकात बस चपरासी तक है।"

"पैसा खिलाकर टेबल तक कागज़ पहुँचा देगा, आगे कुछ नहीं कर पायेगा।"

किसी ने सुझाव दिया—

"जिसने पहली बार वैज्ञानिक जाँच की बात की थी, वो ही अब नेतृत्व करे।"

"पेशे से पत्रकार रहे हैं शर्मा जी, अब तक सैकड़ों अफ़सरों से बात कर चुके होंगे," किसी और ने कहा।

"हाँ," तीसरा बोला, "अब आगे वही सँभालें।"

ये सब सुनकर शर्मा जी के भीतर का पत्रकार अचानक जाग उठा। उस रात वो देर तक जागे। उन्होंने नोटबुक का पहला पन्ना खोला और बड़े अक्षरों में लिखा–"लाल पानी : कारण-निहित या बाह्य?"

उनके हाथ एड्रेनैलिन के प्रवाह से काँप रहे थे। बहुत दिनों बाद शरीर पुनः स्वयं को जीवित महसूस कर रहा था। शर्मा जी ने तय किया–वे ख़ुद जाँच करेंगे और मामले की तह तक जायेंगे।

13

अगली सुबह नहा-धोकर शर्मा जी और राजू अपनी खोज पर निकल पड़े। तय हुआ कि शुरुआत उसी घर से होगी जहाँ से लाल पानी की पहली ख़बर आई थी।

सवध के आँगन में पाँव रखते ही शर्मा जी ने सवालों की झड़ी लगा दी–

"पहली बार कब देखा?"

"किसने देखा?"

"लाल पानी किस समय आता है?"

सवध हकलाता रहा। कोई ठोस जवाब उसके पास नहीं था–"कभी ज़्यादा तो कभी कम आता है...हर समय तो लाल नहीं आता। जब पहली बार देखा था, तभी सबको बता दिया था।"

फिर जाते-जाते उसने एक बात जोड़ी–

"उस रात धरती काँपी थी...भूकम्प जैसा कुछ हुआ था। सब सो रहे थे, एक ज़ोरदार आवाज़ आयी थी। हम डर के मारे बाहर भागे, लेकिन कुछ देर बाद सब शान्त हो गया।"

राजू बीच में बोला, "हमको तो कुछ सुनाई नहीं दिया ऐसा भूकम्प जैसा कुछ! हम तो रात भर जागते रहते हैं...बस आँख मूँदे रहते हैं।"

"आस-पड़ोस के लोग भी बाहर आये थे?" शर्मा जी ने पूछा।

"नहीं...शायद किसी और को महसूस नहीं हुआ। हाँ, दूर खेतों की तरफ़ कुछ रोशनी दिखी थी–शायद ट्रक रुक गये होंगे।", सवध ने कहा।

सवध की बातें जितनी बतातीं, उतनी ही छुपाती भी लग रही थीं।

"समय बड़ा बलवान होता है...कल जो लोग हम पर उँगली उठा रहे थे, आज उनका पानी भी लाल है।" उसने लगभग ठहाके में कहा।

फिर दोनों नवध के घर पहुँचे। वही कहानी, वही असमंजस। शर्मा जी ने वहाँ से भी पानी की एक बोतल सैम्पल के लिए भर लिया। खेतों की मिट्टी पर किसी धातु के जंग जैसा लाल धब्बा दिखा, उसे भी एक पॉलीबैग में सुरक्षित कर लिया।

पहले स्वामी जी का अचानक गायब हो जाना और अब घर-घर में लाल पानी–घरकूँच में अचानक से बहुत कुछ हो रहा था।

अगला ठिकाना था बिज्जू भैया का 'व्हाइट हाउस'। वहाँ का नौकर सालेशर राजू के बचपन का दोस्त था। एक चुनौटी खैनी के बदले झट से बातों में आ गया–

"पानी तो बिज्जू भैया का भी लाल ही आ रहा है...चाहे तो एक लोटा लाकर दिखा दें...", कहते हुए सालेशर एक कुटिल हँसी हँसा।

"ये तो पूरा गाँव जानता है, कुछ काम का बताओ...", राजू बोला।

"काम का बात मतलब?", सालेशर ने विस्मय में पूछा।

"मतलब कुछ नया हुआ हो इधर...जैसा पहले नहीं हुआ हो।", शर्मा जी ने प्रश्न किया।

"ऐसा तो कुछ नहीं हुआ है जहाँ तक हमको मालूम है...", सालेशर ने दिमाग पर ज़ोर देते हुए कहा।

शर्मा जी और राजू लौटने ही वाले थे कि सालेशर ने राजू के हाथ से चुनौटी झपट लिया।

उस समय बिज्जू भैया नहीं थे। कौतूहलवश शर्मा जी ने बिज्जू भैया के व्हाइट हाउस की टूर की इच्छा जता दी। घर वाकई गाँव के पैमानों पर भव्य था–संगमरमर के फ्लोर, झमकौआ लाल-नीले-पीले रंग के बल्ब और लाउड किन्तु महँगे सजावट।

"कैसे कर पाते हैं बिज्जू भैया ये सब", शर्मा जी ने अचरज में पूछा।

"अरे बिज्जू भैया का क्या लिए हैं...जनता के लिए काम करते हैं, इसलिए जनता भी उनके लिए खड़ी रहती है...हो जाता है सब...भगवान की कृपा है!", सालेशर ने कहा।

"लेकिन फिर भी..."

"फिर भी क्या...अब जैसे ये जो संगमरमर देख रहे हैं...ये जिस दुकान से आया है उसकी दुकान पर आयकर विभाग का छापा हुआ था...संयोग से वे बिज्जू भैया के माध्यम से विधायक जी तक पहुँचे...फिर विधायक जी के माध्यम से मन्त्री जी तक...फिर जब जान छूटी तो फिर एक-एक कर सबको कृतज्ञता निभा दिये।", सालेशर शर्मा जी की बात बीच में काटते हुए ही बोला।

"इसके अलावा बड़े-बड़े ख़र्चे जैसे ऑर्केस्ट्रा...", शर्मा जी ने पूछा।

"ऑर्केस्ट्रा तो शायद डाई कम्पनी वाले ने करवा दिया था", सालेशर बोला, "आख़िर समाज को मनोरंजन भी तो चाहिए, केवल बाल रंग लेने से होगा...हें हें हें"

राजू हँस पड़ा–"देख रहे हैं शर्मा जी, ये है घरकूँच का 'सीएसआर मॉडल'।"

शर्मा जी समझते थे–ये सीएसआर नहीं, कोई और ही लेन-देन की गुत्थी है।

"डाई कम्पनी कितनी दूर है यहाँ से?", शर्मा जी ने पूछा।

"अरे, आपको नहीं पता है? हमारे गाँव में ही है...यहाँ से बस तीन किलोमीटर दूर।" सालेशर बोला।

शर्मा जी अचम्भित रह गये–घरकूँच में उद्योग और उन्हें अब तक पता भी नहीं।

शाम ढल रही थी। कामद पर मूढ़ी-कचरी का सेवन करते हुए उन्होंने फिर डाई कम्पनी की चर्चा छेड़ी। मालूम हुआ–कम्पनी में गाँव का कोई भी काम नहीं करता, सारे मज़दूर बाहर के हैं। लगभग आठ वर्ष पहले फैक्ट्री लगी थी...विधायक जी के किसी जानने वाले ने ही लगायी थी...फिर जैसे-जैसे विधायक जी जीवन में प्रगति किये, वैसे-वैसे फैक्ट्री भी तरक्की करने लगी... शुरुआत में एक दिन में दस ट्रक निकलते थे अभी चालीस-पचास निकलते हैं।

"आप घरकूँच को बहुत हल्के में ले रहे हैं शर्मा जी...हाईवे के निकट है हमारा गाँव। उ तो कहिये कि ई बिहार है, अगर कोई और राज्य होता तो टाटा-बिरला सब अपना कम्पनी लगा देता और फिर घरकूँच को दिल्ली-गुड़गाँव जैसा बना देता...इतना कॉपरेटिव पब्लिक है ईहाँ...एकदम इंडस्ट्री-फ्रेंडली।", गाँव के प्राथमिक विद्यालय के प्राचार्य महोदय ने कहा।

दिन भर की खोज-पड़ताल के बाद शर्मा जी अब थक चुके थे। बिस्तर पर लेटते ही नींद ने उन्हें अपनी बाँहों में ले लिया।

14

ठीक-ठीक बता पाना मुश्किल है, लेकिन शायद रात के तीन ही बजे होंगे जब शर्मा जी अचानक हड़बड़ा कर उठ बैठे। तेज़ साँसें और भकुवाई हुई आँखों के साथ जब वह उठे तो चैन मिला कि जो देखा वह केवल एक स्वप्न ही था। सपने में स्वामी जी उन्हें बुला रहे थे...अपने आश्रम में।

मन में तनिक ऊहापोह हुआ फिर अचानक तीव्र इच्छा उठी कि एक बार जाना चाहिए...जाकर बैठना चाहिए। भले स्वामी जी न हों, उनकी आभा तो होगी वहाँ।

अँधेरे में टॉर्च नहीं मिली तो सिर झुकाये, बगुले की तरह आँखें ज़मीन में गड़ाये, वे धीमे क़दम से नदी की ओर बढ़ चले। धुँधलके में बहती नदी की सरसराहट और टिटहरी की आवाज़ें रात को और गाढ़ा बना रही थीं।

आश्रम में घुसे तो ठीक वहीं जाकर बैठ गये जहाँ वो पहले बैठा करते थे। लेकिन थोड़ी देर बैठे रहने के बावजूद भी मन अशान्त ही रहा।

फिर अचानक न जाने मन में क्या आया–जगह बदलकर उस बड़े पत्थर पर जा बैठे जिस पर स्वामी जी का आसन हुआ करता था। बैठते ही मन में एक अजीब-सी शान्ति उतर आयी, लगा जैसे किसी ने एक अदृश्य हाथ कन्धे पर रखकर कहा हो–"सोचो, सब कुछ यहीं से स्पष्ट होगा।"

शर्मा जी ने चुपचाप आँखें मूँद लीं और कल की सारी बातें मन में एक-एक कर दोहराने लगे जैसे फ़िल्म के सीन दोहराए जा रहे हों। फिर जिस सीन पर संशय हुआ, उसे अलग से रखने लगे। इस क्रम में बार-बार कुछ अनसुलझे सवाल रह जा रहे थे, जिसका ठीक-ठीक तार्किक समाधान नहीं हो

पा रहा था। अब वह बारीकी से उन सवालों की पड़ताल करने लग गये, उन गुत्थियों को सुलझाने लग गये।

पानी लगभग हर घर, हर खलिहान में लाल हो रहा था। लेकिन समान रूप से नहीं, कहीं अधिक तो कहीं कम। क्यों? यह इस ओर इशारा कर रहा था कि जो भी तत्त्व पानी को लाल कर रहा है, उसके मिलावट का स्रोत धरती के भीतर एक्विफ़ायर में ही है। और जो कुछ भी मिल रहा है वो समान परिमाण में समान अवधि के लिए नहीं मिल रहा है...कभी अधिक तो कभी कम।

इसके अलावा उस रात बड़े-बड़े ट्रकों का दिखना और 'भूकम्प' जैसा कुछ महसूस होना–वो सब क्या था? देर रात ट्रक गाँव में क्या कर रहे थे? कामद पर किसी ने बताया था कि डाई कम्पनी के बहुत से ट्रक आते-जाते हैं। शायद वे ही होंगे। लेकिन भूकम्प? क्या उस रात वहाँ कोई भूकम्प हुआ था? शर्मा जी ने तत्क्षण मोबाइल निकाला, नेट पर सर्च किया–उस रात इस क्षेत्र में किसी भूकम्प की कोई ख़बर नहीं थी।

फिर बिज्जू भैया के डाई कम्पनी वालों के साथ क्या सम्बन्ध हैं? उपलब्ध तथ्यों के आधार पर तो यह प्रतीत हो रहा था कि निश्चय ही कोई प्रासंगिक सम्बन्ध है। सालेशर ने अनजाने में ही सही, परन्तु ऑर्केस्ट्रा की स्पॉन्सरशिप वाली बात बताकर शर्मा जी के मन में शंका का एक बीज तो बो ही दिया था।

यह सब यूँ तो बिख़रे-बिख़रे से तथ्य लग रहे थे लेकिन, शायद किसी-न-किसी तरह से एक-दूसरे से जुड़े हुए भी थे। इन सारे सवालों के जवाब के लिए सबसे पहले लैब से सैंपल्स को जाँच करवाना आवश्यक था। कुछ स्पष्ट समझ नहीं आ रहा था।

एक क्षण के लिए तो उन्हें यह भी लगा कि क्यों 'बेगानी शादी में अब्दुल्ला दीवाना' होकर घूमें...चुपचाप बिना बताये इस लाल पानी वाले गाँव को छोड़कर निकल जाना ही उचित है। लेकिन, इसके विपरीत शर्मा जी को आनन्द की अनुभूति भी हो रही थी। न जाने कितने वर्षों के बाद वे स्वयं को दूसरों की दृष्टि में महत्त्वपूर्ण देख पा रहे थे। वह इस सुखद अनुभव को यूँ ही त्यागना नहीं चाहते थे।

इन्हीं विचारों में ही डूबे थे कि तभी पीछे से कुछ लोगों ने उन्हें देखा और आपस में फुसफुसाने लगे–

"ई शर्मा जी स्वामी जी के आसन पर क्यों बैठे हैं?"

उस आसन से गाँववालों की श्रद्धा जुड़ी हुई थी। कहीं बात बिगड़ न जाये, यह सोचकर वह झटपट उठे और तेज़ क़दमों से घर लौट आये।

चूँकि सुबह जल्दी उठ जाने के कारण पेट में थोड़ी गुड़गुड़ाहट-सी होने लग गयी थी, इसलिए घर पहुँचते ही उन्होंने सबसे पहले दही-चूड़ा का भोग लगाया। उसके बाद पुन: शर्मा जी चिन्तन में लग गये। उन्होंने सोचा कि मुफ़्त जाँच वाले सरकारी तन्त्र के भरोसे बैठे रहने से कुछ नहीं होगा, थोड़ा पॉकेट ठण्डा करना होगा और पटना के किसी प्राइवेट लैब में जाँच करवानी होगी। अब उनकी जेब तो ख़ैर कई दिनों से गर्म हुई ही नहीं थी तो ठण्डी क्या ख़ाक करते। ऐन मौक़े पर राजू ही काम आया। नोट तो उसने भी नहीं ढीले, लेकिन थोड़ी बुद्धि ज़रूर लगा दी।

दरअसल घरकूँच के पास सटे हाईवे से होकर एक बहुचर्चित बस 'राजधानी' सीधे पटना को जाती थी। बहुचर्चित इसलिए कि उस पर सवार हो पाना सबके बस की बात नहीं थी। इसके दो कारण थे। एक तो टू-बाय-टू विथ स्लीपर और एयर कण्डीशंड होने के कारण उसमें सफ़र करना ऐसे ही महँगा था। ऊपर से घरकूँच के लोग बिना प्रयोजन के पटना जाने की सोचते भी नहीं थे। इसलिए उस बस में सवार होने का मतलब होता कि आपका कामकाज के सिलसिले में पटना आना-जाना लगा रहता है और आप किराया बचाने के लिए ट्रेन में सफ़र नहीं करते।

लोग अक्सर कहते कि उस बस में वही चढ़ पायेगा जिसमें बूता हो और राजू में वह बूता था।

संयोग से नौकरी के सिलसिले में राजू कई बार राजधानी बस में सफ़र कर चुका था। इसी आवागमन के क्रम में बस के ख़लासी पिंटू से राजू की थोड़ी मित्रता भी हो गयी थी। और फिर बीच-बीच में रील्स और भोजपुरी गानों के आदान-प्रदान का सिलसिला चलता रहा जिसके कारण यह मित्रता वर्षों तक बरक़रार रही। उसी मित्रता के सहारे गाँव से गेहूँ-चावल, मूढ़ी, आलू-प्याज़-लहसुन इत्यादि भी पटना में राजू के पास सेम-डे-डिलीवरी हो जाती थी।

राजू ने तुरन्त पिंटू के साथ सम्पर्क साधा। कहा कि एक ज़रूरी काम है

और इस काम के लिए वह पिंटू जैसे एक अति-विश्वसनीय पुराने मित्र को छोड़कर और किसी के ऊपर भरोसा नहीं कर सकता।

पिंटू को शायद इस बात का अन्दाज़ा भी नहीं था कि राजू उसे इतना विश्वसनीय समझता है। कोई आप पर भरोसा करता हो, यह जानकर मन पुलकित तो होता ही है। इसी पुलकन के आवेश में पिंटू गरज़ा, "भैजी आप कहिये ना कितना बोरा गेहूँ पहुँचाना है? दो सौ बोरा भी पहुँचाना होगा तो ऊ भी पहुँचा देंगे!"

लेकिन, जब उसने सुना कि उसे कंकड़बाग स्थित एक प्राइवेट लैब से कुछ पानी और मिट्टी के सैंपल्स जाँच करवाने हैं तो उसके माथे पर थोड़ी शिकन आ गयी।

राजू ने आश्वासन दिया कि शर्मा जी फ़ोन पर सारी बातचीत कर लेंगे, पिंटू को केवल वाहक का कार्य करना है–यानी कि आज सैंपल्स पहुँचाकर एक हफ़्ते बाद रिपोर्ट वापस ले आनी है।

ऐसा समझाकर राजू ने सारे सैंपल्स उसके हाथों में पकड़ा दिये।

जब पिंटू इस काम में पड़ने वाले ख़र्चे की चाह में राजू के हाथ और जेब की तरफ़ बार-बार देखने लगा तो राजू समझ गया कि पिंटू की आँखें धन की स्कैनिंग में लिप्त हैं।

अब पैसे तो ज़्यादा थे नहीं, पाँच सौ का एक नोट निकाला और धीरे से पिंटू की कमीज़ की जेब में डालते हुए राजू ने पिंटू को वह दिन याद दिलवाया जब उसके साले को दानापुर में आर्मी की दौड़ में शामिल होना था। उस रात राजू ने ही पिंटू के साले को पटना में अपने निज-आवास पर आश्रय देकर उसे चिन्तामुक्त किया था। और केवल यही नहीं, उसे सुबह घर से निकलने से पहले सतुआ का पौष्टिक आहार भी दिया था जिसके दम पर वो क्या ख़ूब दौड़ा था और सफल भी हुआ था।

इस तरह कृतज्ञता के भार में दबकर पिंटू अन्त में इस काम के लिए तैयार हो ही गया। सैंपल्स जाँच के लिए पटना भेज दिये गये।

इधर शर्मा जी एक बार फैक्ट्री देखने को भी उत्सुक थे। लग रहा था कि वहाँ जाने से कुछ-न-कुछ स्पष्टता ज़रूर आयेगी। एक फैक्ट्री में तो लाखों लीटर पानी की एक दिन में खपत होती है। अगर वहाँ का पानी भी लाल है, तो फिर वहाँ कैसे काम चल रहा है?

15

अगले दिन तड़के ही शर्मा जी और राजू फैक्ट्री के दरवाज़े पर प्रस्तुत हो गये। दोनों भीतर घुसना चाहते थे, लेकिन वहाँ बिना पहचान-पत्र के घुसना असम्भव जान पड़ा। राजू ने खैनी का प्रलोभन भी दिया, लेकिन अफ़सोस वह गार्ड सालेशर की तरह खैनी का दीवाना नहीं था।

लाख मान-मनौव्वल के बाद भी उसने जब अनुमति नहीं दी तो दोनों समझ गये कि यहाँ दाल नहीं गलने वाली। सड़क किनारे ही डेरा जमा दिया। किसी मानव सीसीटीवी की तरह दोनों वहीं तैनात हो गये। संयोग से बगल में नवध का ही खेत था। वहीं एक छोटा-सा मचान बनाकर ऊपर पुआल की छत डाल दी गयी। सारा खाना-पीना भी वहीं मँगवा लिया।

ट्रक आते-जाते रहे। गार्ड इन दोनों को गेट के निकट भी फटकने नहीं देता, लेकिन खेत में डेरा जमाने से भी नहीं रोक पा रहा था। वह मक्का की फसल के पटवन का समय था। पानी लाल ही सही, पर सिंचाई तो करनी ही थी।

गाँव के कई किसान रातों में ऐसे ही खेतों में डेरा डालते। एक खेत की सिंचाई पूरी होते ही पाइप उठाकर अगले खेत की ओर रवाना होते। अगर यह काम रात में न हो पाता, तो फसल अत्यधिक पानी से ख़राब हो जाती और ऊपर से डीज़ल का ख़र्चा अलग।

कभी-कभी पम्प किसी तकनीकी समस्या के कारण अचानक से बोरवेल से पानी खींचना बन्द कर देते। ऐसे में पम्प के शोर से ही किसान समझ जाते कि कुछ गड़बड़ है और तुरन्त दौड़कर मशीन बन्द करते, फिर वैक्यूम दोबारा बनाते।

यह सब गाँव के लिए सामान्य बात थी–क्योंकि पूरे इलाके में चार-पाँच ही मशीनें थीं, और वे भी सब खटारा। लेकिन, उन्हीं को भाड़े में लाकर काम

चलाना होता। इसलिए रात वीरान नहीं थी–कुछ और साथी भी थे, कुछ और मचाने भी थीं।

दो दिन और दो रातों की अथक चौकसी के बाद शर्मा जी ने एक अज़ीब पैटर्न पकड़ा–ट्रक आते तो भरे हुए, लेकिन जाते हमेशा खाली। यूँ तो कहने को यह एक फैक्ट्री थी, पर इससे कोई उत्पाद बाहर नहीं जा रहा था। हर फैक्ट्री में जहाँ इनपुट आता है, वहीं तैयार माल आउटपुट के रूप में बाहर भी जाता है। यहाँ कुछ भी नहीं–न किसी मशीन की आवाज़, न श्रमिकों की चहल-पहल। पूरा परिसर अज़ीब सन्नाटे में डूबा था।

स्थायी कर्मी के नाम पर केवल वही गार्ड था, जिसका ठिकाना भी मुख्य द्वार के पास बना एक छोटा-सा क्वार्टर था। ट्रक आने पर वह दरवाज़े पर तैनात हो जाता, पहचान-पत्र देखता, दरवाज़ा खोलता...फिर एकाध घण्टे बाद ट्रक के जाते ही फिर से अपने कमरे में लौट जाता। किन्तु खिड़की से बगुले की तरह दरवाज़े पर ही नज़र रखता।

शर्मा जी की गट-फीलिंग कह रही थी कि उन पन्द्रह फुट ऊँची दीवारों के पीछे कुछ तो ऐसा था, जो सामान्य नहीं था।

शर्मा जी ने जब अपना सम्पूर्ण विश्लेषण राजू को बताया, तो वह तुरन्त फुर्ती में आ गया–

"तो फिर देर किस बात का है, शर्मा जी? कहिये तो लम्बा सीढ़ी लगा कर पिछला दीवार फाँदकर चुपचाप से अन्दर घुस जाते हैं...देखें तो अन्दर चल क्या रहा है!"

शर्मा जी को भी उत्सुकता हो रही थी...उन्हें लगा कि किसी भी तरह भीतर प्रवेश करना आवश्यक है। शर्मा जी ने बड़े बारीकी से ट्रकों के प्रवेश और प्रस्थान के समय नोट कर रखे थे। लॉग के अनुसार सुबह पाँच से दस बजे तक गाड़ी की कोई आवागमन नहीं होती थी। सम्भवतः गार्ड इसी समय सोता भी था। यही सबसे अनुकूल समय जान पड़ा।

बाँस की एक लम्बी सीढ़ी के सहारे दोनों ने अँधेरे में चुपचाप दीवार पार की। भीतर एक विशाल टिन-शेड दिखायी दिया–तीन ओर से बन्द, एक ओर से खुला। इसके अलावा वहाँ अधिक कुछ भी नहीं था। सम्भवतः ट्रक में जो भी आता था, वह यहीं ले जाया जाता था।

दोनों चुपके से छिपते-छिपाते वहाँ घुसे। एक विचित्र दुर्गंध थी वहाँ, अधिक तेज़ तो नहीं, किन्तु अधिक समय तक सूँघ सके जाने योग्य भी नहीं। आश्चर्य की बात यह थी कि वह क्षेत्र गहरा था। ऐसा लग रहा था कि उसमें प्रतिदिन कुछ भरा जा रहा है और गहराई धीरे-धीरे कम हो रही है।

शर्मा जी ने अपने जीवन में कभी डाई फैक्ट्री नहीं देखी थी, लेकिन इतना समझ सकते थे कि वह कोई कारखाना नहीं, बल्कि एक डम्पिंग ग्राउण्ड था। ट्रक से जो भी आ रहा था, वो वहाँ डम्प किया जा रहा था।

शर्मा जी के मन में बिजली-सी कौंध उठी–

"जो भी ये डाल रहे हैं, उसका सैम्पल लेना ज़रूरी है।"

सैम्पल लेना दुष्कर था। गड्ढा गहरा था, यह न जाने और भी कितना गहरा रहा होगा जो समय के साथ भरते-भरते अब तीस फीट गहरा दिख रहा था। कोई उपाय न सूझने पर शर्मा जी ने उस विशालकाय गड्ढे के किनारे गिरा हुआ थोड़ा पदार्थ पॉलीथीन में भर लिया।

फिर दोनों जैसे आये थे, वैसे ही कारखाने से बाहर निकल आये। राजू ने पूर्व में ही समझदारी दिखाते हुए सीढ़ी ऊपर से खींच ली थी–वरना लौटते वक़्त उस दीवार के इस पार आना नामुमकिन हो जाता।

एक बार पुनः पिंटू के हाथ में एक थैली पकड़ायी गयी। यह आख़िरी बार है, कहकर राजू ने किसी तरह उसे राज़ी कर लिया।

शर्मा जी को लग रहा था कि उन्होंने रहस्य की लगभग सारी गाँठें खोल ली हैं। अब बस ज़रूरत थी सत्यापन की।

इस सत्यापन के लिए दो बातें अनिवार्य थीं–एक, पटना से लैब रिपोर्ट का आना; और दूसरी, प्रखण्ड कार्यालय जाकर बिज्जू भैया की कुण्डली खोलना।

उन्हें पूरा यक़ीन था कि जैसे ही ये दोनों सूत्र एक-दूसरे से जुड़ेंगे, यह पूरी पहेली अपनी असली शक्ल में सामने आ जायेगी। उन्होंने सोशल मीडिया में रहस्यात्मक अन्दाज़ में पोस्ट किया–

"कठपुतलियाँ सोचती हैं,
कि अब वो काठ से बड़ी हो गयी हैं;
धागे किसी और के हाथों में सही –
पर आज, उचक कर खड़ी हो गयी हैं।"

16

किसी भी कहानी को खोलने के लिए कहानी के पीछे की जो अनलिखी कहानी होती है, वहाँ तक पहुँचना आवश्यक होता है। अदबी दुनिया से जुड़े शर्मा जी यह बख़ूबी जानते थे।

बिज्जू घरकूँच की इस कहानी का दमदार पात्र था। उसके महत्त्वाकांक्षी जीवन की शुरुआत ही प्रखण्ड कार्यालय से हुई थी और आज भी वही उसका मुख्यालय था। इसलिए बिज्जू की अनलिखी कहानी भी वहीं सुनने को मिलेगी–शर्मा जी यह जानते थे।

वहाँ पहुँचने पर शर्मा जी ने सबसे पहले एक नाईट-वॉचर से बात की। चूँकि बिज्जू के पिता भी नाईट-वॉचर ही हुआ करते थे, इसलिए वही सबसे उपयुक्त व्यक्ति था।

"घरकूँच से आये हैं ये, सुनते हैं आपका प्रखण्ड कार्यालय यही लोग चलाते हैं", शर्मा जी ने राजू की ओर इशारा करते हुए उससे कहा।

"ई लोग प्रखण्ड कार्यालय क्या, ज़िला मुख्यालय भी चला लेंगे...इनका क्या है!", वह थोड़ी झुँझलाहट के साथ कृत्रिम रूप से मुस्कुराते हुए बोला।

"आपका कोई दुश्मनी है क्या बिज्जू भैया से?", राजू ने उस नाईट-वॉचर से पूछा।

"ऊ कौन है, जो उससे दुश्मनी रहेगा। खाली फुर-फाँय करता है। नंगटे घूमता था हमारे सामने। उसका बाप और हम अल्टरनेट ड्यूटी पे रहते थे। अड़ोस-पड़ोस में ही रहते थे। अगर दुश्मनी होगा तो उसका बाप से होगा, उससे काहे होगा!", वह बोला।

"बाप से क्या दुश्मनी है?", राजू ने पूछा।

"बाप से यही दुश्मनी है कि अपना बेटा को कोई संस्कार नहीं दिया... नालायक़, निकम्मा, हराम का पैसा पर पलने वाला बना दिया", वह बोला।

"तो इससे आपको क्या दिक्कत हो रहा है? वो जो हैं अपने लिए हैं। और हमारे गाँव के लोगों का तो काम करवा देते हैं ना।", राजू बोला।

"इसलिए लाल पानी पीजिये दबा के...", वह नाईट वॉचर बोलकर चला गया।

मतलब यह ख़बर आग की तरह फैल गयी थी कि घरकूँच का पानी लाल हो चुका था।

दोनों नाईट-वॉचर की तरफ़ लपके।

"अरे रुकिये, लाल पानी का बिज्जू से क्या लेना-देना?", शर्मा जी ने उससे पूछा।

"इसी को लेकर कुछ दिन पहले साहेब से मिलने आया था वह लफ़ंगा... साथ में कोई बाहर का एक पैसेवाला आदमी भी था। बहुत परेशान था चोट्टा। देख कर अच्छा ही लगा।", उसने कहा।

"ज़रूर कुछ व्यक्तिगत लगता है शर्मा जी", राजू शर्मा जी की कान में फुसफुसाया।

"क्या बातें हुई उनके बीच, कुछ पता है?", शर्मा जी पूछे।

"मुझे कैसे पता होगा? हाँ, लेकिन मँगरू जब साहब को चाय देने गया था तो कह रहा था कि वह वही व्यक्ति है जो डाई-फैक्ट्री की स्थापना के समय भी आया था। मुझे ठीक-ठीक नहीं मालूम, किन्तु शायद बिज्जुआ उसका दलाल है और वो बिज्जुआ को बदले में उसकी हराम की कमाई पर पोषता है", नाईट-वॉचर बोला।

बाद में वहाँ मौजूद किसी ने बताया कि बिज्जू के बाप ने बिज्जू की शादी इस नाईट-वाचर की बेटी से करवाने का वादा किया था। बिज्जू सफलता की सीढ़ी भी चढ़ रहा था, इसलिए यह नाईट-वाचर भी ख़ुश था। लेकिन, ऐन मौके पर बिज्जूआ मुकर गया और बोला कि वह शादी अपने से बराबर-वाले में ही करेगा। इस नाईट-वॉचर को यह बात सदा के लिए चुभ गयी।

शर्मा जी को न जाने क्यों ऐसा लग रहा था कि उस दिन जो व्यक्ति आया था, उसकी तस्वीर अगर मिल जाये तो बहुत मदद होगी। उन्होंने नाईट-वॉचर

के पास जाकर लगभग विनती की मुद्रा में बोला–

"किसी भी तरह से उसकी फ़ोटो दिला दीजिए, गाँववालों की दुआ लगेगी आपको...मुझे लगता है बिज्जू के भी कई रहस्यों का पर्दाफ़ाश होगा।"

"वो तो ठीक है, लेकिन कैसे दें आपको? हमारे पास भी तो नहीं है।", उसने बोला।

"आपने बोला था कि वह कुछ दिन पहले साहेब से मिलने आया था... यहाँ सीसीटीवी लगे हुए हैं ज़रूर उनमें क़ैद हुआ होगा। उस तारीख़ की रिकॉर्डिंग देखिये और वहाँ से स्नैपशॉट लेकर हमें भेज दीजिए।", शर्मा जी ने तरीक़ा बताया।

"हूँ, ठीक है मुझे एक-दो दिन का समय दीजिए", उसने बोला।

उसके बाद उभय नमस्कारोपरान्त दोनों गाँव को लौट आये।

इधर गाँव में बिज्जू को भी भनक लग गयी थी शर्मा जी और राजू की गतिविधियों के बारे में। वह नहीं चाहता था कि उसकी राजनीतिक पारी अकाल मृत्यु को प्राप्त हो जाये। पंचायत चुनाव बहुत निकट था। सरपंच की कुर्सी पर उसकी नज़र थी। विधायक जी भी चाहते थे कि उनके क्षेत्र से बिज्जू को ही जीतना चाहिए। कहने के लिए तो घरकूँच विधायक जी का पैतृक गाँव था, लेकिन वो बिरले ही यहाँ कभी नज़र आते। बिज्जू ही गाँव में विधायक जी का द्योतक, प्रतिनिधि और प्रतीक था।

बिज्जू का प्रचार कार्य ज़ोर-शोर से चल रहा था। बिज्जू ने लाल पानी को पंचायत चुनाव का अहम मुद्दा बनाया। उसने घर-घर जाकर वादा किया कि जीतने पर वह नदी के जल के ऊपर जल शुद्धिकरण के लिए एक परियोजना लेकर आयेगा। हर घर शुद्ध पेयजल उपलब्ध होगा और सिंचाई के लिए भी पर्याप्त मात्रा में जल उपलब्ध होगा।

"विधायक जी से पहले ही बातचीत हो चुकी है, वे भी सहयोग करेंगे। अगर सरकार ने पैसे नहीं भी दिये, तो भी करवाऊँगा...चाहे अपने पैसे से ही सही"–उसका ऐसा आश्वासन सबको भाने लगा था।

शर्मा जी चुपचाप यह सब देख रहे थे। यद्यपि उन्हें इन सब में कोई विशेष रुचि नहीं थी, तथापि उनका यह प्रबल विश्वास था कि बिज्जू जैसे व्यक्ति को

किसी भी सूरत में राजनीति में एक बड़ा नाम नहीं बनना चाहिए। अन्यथा वह सभी के लिए असहाय रूप से अनियंत्रणीय हो सकता है।

जब उनका मन उचाट हो जाता तो स्वामी जी के आश्रम में जाकर चुपचाप बैठ जाते। आँखें मूँदते तो लगता कि स्वयं स्वामी जी उपस्थित है वहाँ। कुछ समझा रहे हों जैसे–

"जब सिनेमा हॉल के चित्रपट पर प्रेमकथा चल रही होती है, तब तुम आनन्दित होते हो। वहीं जब हास्य-प्रसंग चल रहा होता है, तब ठहाके लगाते हो। किन्तु जैसे ही त्रासदी आती है, तुम व्याकुल हो उठते हो।

इसका अर्थ यह है कि तुमने इसे कभी 'चित्रपट' माना ही नहीं। तुम्हारे लिए यह सदैव उससे कहीं बड़ा रहा–यह तुम्हारे लिए जीवन था और शायद सर्वोच्च सत्य भी। यही तो भ्रम है।

निस्सन्देह जान लो–यह एक चित्रपट ही है और तुम उसका पर्दा हो। अब इस चित्रपट को अपने माध्यम से चलने दो। किसी दृश्य का विरोध मत करो। प्रत्येक दृश्य को घटने दो। किन्तु अपनी चेतना में यह स्पष्ट रखो कि संसार जो कुछ तुम्हारे माध्यम से देख रहा है, वह मात्र एक अभिनय है। संसार इसका अर्थ निकालता रहे, किन्तु तुम्हारी समझ अडिग रहे।

यही अनासक्ति का मार्ग है। यही कर्मयोग का पथ है।"

शर्मा जी सब आत्मसात कर रहे थे। मन की पुरानी गाँठें खुल रहीं थीं। अब यह सब बोझिल नहीं, बल्कि प्राकृतिक लग रहा था।

"सभी बन्धनों की गाँठ तुमने स्वयं अपने ही मन में बाँध रखी है। बन्धन बाहर नहीं होते–वे भीतर की स्वीकृतियों से ही जन्म लेते हैं। कोई भी विचार तुम्हें बाँध नहीं सकता, जब तक कि तुमने उसे अपने भीतर महत्त्व नहीं दे दिया हो।

अपने जीवन को अध्यात्म के आलोक से प्रकाशित कर दो। फिर उसी प्रकाश में देखो–कौन-सी वस्तुएँ, व्यक्ति या विचार तुम्हें सत्य के निकट ले जाते हैं। जो सत्य से विमुख करते हैं, उन्हें त्याग दो–चाहे वे कितने ही प्रिय क्यों न हों। इससे श्रेष्ठ उपाय कोई नहीं।

यह पथ सरल नहीं होगा। विवेक का सतत् प्रयोग करना पड़ेगा, अन्यथा तुम वृत्तियों के खेल में उलझे रहोगे। ये वृत्तियाँ तुम्हारे हर प्रयास को विफल

करने का षड्यन्त्र रचेंगी–कई बार सफल भी होंगी। परन्तु तुम्हें अपने विवेक का हाथ कभी नहीं छोड़ना है।

यह अनेक जन्मों से जमी हुई मैल है, जिसे हृदय से धुलने में समय अवश्य लगेगा। परन्तु हर सही दिशा में उठाया गया कदम तुम्हें सत्य के और निकट ले जायेगा।"

शर्मा जी निदिध्यासन अवस्था में लगे थे। इन दिनों रात-दिन इन्हीं विचारों में मग्न रहते।

17

समय की सुइयाँ जैसे-जैसे आगे सरक रहीं थीं, राजू की बेचैनी भी बढ़ती जा रही थी। पिंटू की कोई ख़बर नहीं, प्रखण्ड कार्यालय का नाईट-वाचर भी नदारद। ऊपर से बिज्जू की चालें सबको उलझा रहीं थीं—और लाल पानी की समस्या अब तक जस की तस।

किन्तु शर्मा जी बेचैन होने की बजाय शान्त और सहज हो रहे थे। राजू यह बदलाव देखकर हैरान था और सच कहें तो थोड़ा परेशान भी था। शर्मा जी को एक विचित्र से वैराग्य ने भी घेर रखा था। राजू पूछता तो शर्मा जी मुस्कुराते और फिर धीमे स्वर में कहते–

"कुछ पाने का अब लोभ नहीं,
कुछ खोने का कोई क्षोभ नहीं।
क्या है यहाँ जो मिला नहीं,
और क्या है मिला–जो खो दूँगा?
हँसते हुए अब गिला नहीं,
और सुख में भी बस रो लूँगा।"

राजू को ऐसी वैराग्यपूर्ण बातें अच्छी नहीं लगती थी। वो जीवन का आनन्द लेने में विश्वास रखता था। इसलिए अक्सर आपत्ति जताता।

शर्मा जी प्रत्युत्तर में कहते, "हमें आनन्द सत्य लगता है क्योंकि हम माया में लिप्त होते हैं। जबकि, वास्तव में जिसे हम आनन्द समझते हैं वो तो केवल एक छलावा है!"

"क्या छलावा, मुझे तो ऐसा कुछ नहीं लगता!", राजू कहता।

"माया में रहते हुए माया को नहीं जाना जा सकता," शर्मा जी बोले, "उसे समझने के लिए थोड़ा दूर होना पड़ता है—इतना कि उसे साफ़ देखा जा सके।

पहला क़दम है—आँखें मूँद लेना।

आँखें बन्द करते ही हम माया के बाहरी दृश्य से मुक्त हो जाते हैं; फिर शेष रहता है भीतर का खेल—मन की माया।

जब हम ध्यान में गहरे उतरते हैं, तो समझते हैं कि हम 'द्रष्टा' हैं—और माया 'दृश्य' मात्र।"

राजू हँस पड़ता, "आप तो सब उलझा देते हैं, शर्मा जी।"

मुझे लगता है—इन्सान को जीना चाहिए, महसूस करना चाहिए।

कभी रोना भी तो ज़रूरी है! तटस्थता के नाम पर भावनाएँ मारना मुझे नहीं सुहाता। मानव वही जो भावनाओं से जीवित हो, नहीं तो फिर क्या अन्तर रह जायेगा किसी पत्थर की तुलना में?"

"क्या फ़ायदा यह सब पण्डिताई का?", राजू विक्षोभ के साथ आगे कहता। "क्या मिलेगा यह सब अध्यात्म से? अपने गाँव में कबीर मण्डली वाले जैसे टाइम-पास करते हैं, वैसे ही दिन रात समय काटना होगा"

"मुक्ति। भय से मुक्ति। यदि पूरे अध्यात्म से केवल एक ही बात सीखनी हो राजू, तो वह है—मुक्त होना सीखना। यही मिलेगा और जब यह मिलेगा तो अन्ततः सब कुछ मिल जायेगा।", शर्मा जी किसी ज्ञानी की भाव-भंगिमा के साथ कहते।

"फिर वही समता और तटस्थता वाली बातें...", राजू झल्लाते हुए कहता।

शर्मा जी अध्यात्म की नदी में डुबकी लगाये जा रहे थे और राजू उन्हें खींचकर किनारे लाने में प्रयासरत था। ऐसा नहीं था कि राजू अध्यात्म-विरोधी था, किन्तु उसे व्यावहारिकता ज़्यादा खींचती थी।

धीरे-धीरे राजू की झुँझलाहट चिन्ता में बदलने लगी। राजू रनिया को अकेले में कहता, "शर्मा जी का दिमाग़ का स्क्रू थोड़ा ढीला हो गया है। सही दिनचर्या पालन नहीं हो पा रहा है, क्या करना है क्यों करना है कब करना है—इसका कोई हिसाब-किताब नहीं है, लेकिन हवाबाज़ी जितना ले लीजिए। न समय से उठना, न समय पर सोना, न समय से खाना, दिन भर बस चिन्ता

करते रहना और मृत्यु से कहते हैं भय नहीं। मृत्यु पर विजय प्राप्त है इनको, लेकिन डिप्रेशन पर नहीं। डिप्रेशन जारी रखते हैं।"

"जानते हैं शर्मा जी आपकी समस्या क्या है?", राजू शर्मा जी के ऊपर तंज कसते हुए कहता।

"आप इन दिनों अति-चिन्तन की समस्या से गुज़र रहे हैं। इतना ज़्यादा कि ऐसा लगता है, यह प्रवृत्ति आपके भीतर जन्मजात रूप से बसी हुई थी... जैसे यह आपकी प्रकृति का ही हिस्सा हो। मुझे तो लगता है कि जब से आपकी सोचने-समझने की क्षमता विकसित हुई है, तभी से आप हर बात को ज़रूरत से ज़्यादा परखने, तोलने और उसमें उलझने लगे। हो-न-हो बचपन से ही यह स्वभाव आपको चिन्ता में डालता रहा है, और वही चिन्ता आगे चलकर तनाव और अवसाद में भी शायद बदली है।" राजू भी ज्ञान बघारने में कोई कमी नहीं छोड़ता।

"और अगर आप इतने ही तटस्थ हो गये हैं, तो दुखी क्यों नज़र आ रहे?", राजू ने पूछा।

"राजू, सुख और दुःख दोनों ही चक्रीय स्वभाव के हैं—जैसे कि दिन और रात। जैसे दिन और रात पृथ्वी के अपने अक्ष पर घूमने के भौतिक कारण से उत्पन्न होते हैं; वैसे ही सुख और दुःख हमारे विचारों और भावनाओं की आवर्तनशीलता से।

इन दोनों से ऊपर उठने का एक ही उपाय है—सन्तुलन का अभ्यास। सुख मिलने पर अति-आनन्दित न हो, यह जानते हुए कि वह क्षणिक है। और दुःख आने पर निराश न हो, क्योंकि वह भी टिकने वाला नहीं।

सदैव मध्यम स्थिति में रहो—उस बोध में स्थिर कि इस जगत् में जो कुछ भी हमारे नेत्रों के सम्मुख है,

वह सब क्षणभंगुर है, अस्थायी है।"

थोड़ी देर का मौन छा गया।

फिर शर्मा जी ने धीरे से कहा—

"मैं दुखी नहीं हूँ, राजू। बस मध्यम स्थिति में रहने का अभ्यास कर रहा हूँ।"

इधर देखते-देखते कुछ और दिन बीत गये। ख़बर आई कि पिंटू कल सुबह राजू को रिपोर्ट सुपुर्द कर देगा। इधर नाईट-वॉचर ने भी सीसीटीवी फुटेज से तस्वीर खींचकर भेज दी थी। तस्वीर लेकर दोनों सालेशर के पास भागे।

अगली सुबह कौतुहल से भरी थी। जैसे रात के अँधेरे में छिपा कोई रहस्य अब उजाले में आने को तैयार हो।

फ़ोटो देखते ही सालेशर चौंक पड़ा–

"अरे, ये तो वही आदमी है! डाई कम्पनी वाला...आये-दिन दिख जाता है। ऑर्केस्ट्रा का सारा ख़र्चा इसी ने तो उठाया था। लेकिन, आपको ये फ़ोटो कहाँ मिली?"

राजू और शर्मा जी ने कोई उत्तर नहीं दिया। बस एक नज़र एक-दूसरे को देखा और तेज़ कदमों से बस-स्टैंड की ओर बढ़े।

पिंटू वहाँ पहले से खड़ा था, जैसे उन दोनों का ही इन्तज़ार कर रहा हो। जैसे ही उसने दोनों को देखा, दो लिफ़ाफ़े बढ़ाते हुए मुस्कुराया–

"बहुत ख़र्चा करवा दिये, राजू भैजी!"

राजू ने बिना मुस्कुराए रिपोर्ट थामी, "कोई बात नहीं...बाद में मेकअप हो जायेगा।"

शर्मा जी ने थोड़े काँपते हाथों से लिफ़ाफ़ा खोला। कुछ क्षण तक बस पन्नों पर निगाहें टिकाये रहे–फिर उनका चेहरा बदल गया। अब कोई सन्देह नहीं रहा। उनका शक विश्वास में बदल चुका था। सारा रहस्य साफ़ था। यह कोई धार्मिक अनिष्ट नहीं था, न ही कोई प्राकृतिक आपदा। यह एक औद्योगिक अपराध था–रासायनिक अपशिष्ट का जल में मौन रिसाव।

जिसे गाँव वाले 'डाई कम्पनी' का कारखाना समझ रहे थे, वह दरअसल एक वेस्ट मैनेजमेंट कम्पनी का झूठा आवरण था। उस दलाल ने, बिज्जू की साँठगाँठ से, पूरे इलाके को एक डम्पिंग ग्राउण्ड बना दिया था।

वेस्ट ट्रीटमेंट का ख़र्च बचाने के लिए वे चुपचाप ट्रक भर-भर कर रासायनिक कचरा वहाँ गिरा रहे थे। करोड़ों का खेल था यह। और उसी मुनाफ़े का एक हिस्सा बिज्जू और विधायक जी की जेब में भी जा रहा था।

रिपोर्ट में साफ़ लिखा था–

मिट्टी और भूजल, दोनों में लौह तत्त्व और अन्य रासायनिक यौगिकों की अत्यधिक मात्रा। यही तत्त्व डम्पिंग ग्राउण्ड वाले सैम्पल में भी मिला।

गाँव के कलों और बोरिंग से निकला लाल पानी–अब किसी चमत्कार का नहीं, एक अपराध का सबूत था।

गाँव के भोले लोग इन सब बातों से अनभिज्ञ बिज्जू का नारा लगाने में व्यस्त थे। इसी में सौ-दो सौ क्री कमाई भी हो जा रही थी।

18

शर्मा जी सत्य को जान तो चुके थे, किन्तु किसी को बताने में अभी भी थोड़ा भय लग रहा था। राजू भी यही चाहता था कि शर्मा जी इन सब उलझनों में न ही पड़ें तो बेहतर है। परन्तु शर्मा जी के लिए यह असह्य था कि बिज्जू जैसा व्यक्ति लोगों को खुलेआम गुमराह करता रहे और वो सब जानकर भी मूकदर्शक बने रहे।

इस दुविधा से मुक्त होने के लिए उन्होंने पुन: स्वामी जी के आश्रम जाना उचित समझा। ध्यान में बैठे तो जैसे स्वामी जी स्वयं उनके सम्मुख प्रकट हो गये–

"केवल सत्य को जान लेना भर पर्याप्त नहीं है। यह सुनिश्चित करना भी आवश्यक है कि उस ज्ञान से तुम्हारे भीतर की जड़ता, निष्क्रियता और दुर्बलता का क्षय हो। ज्ञान तभी सार्थक है जब वह तुम्हें जागृत करे, तुम्हें कर्म के लिए प्रेरित करे। अत: तुम्हें सिंह की भाँति गर्जना करनी चाहिए–निडर होकर, निष्पक्ष होकर–जैसे समय की माँग है।"

शर्मा जी ने निश्चय किया कि गाँववालों को सारी बात बतायी जानी चाहिए। कामद पर सबको बुलाया गया। राजू घर-घर जाकर पुकार रहा था–

"अगर लाल पानी का रहस्य जानना है, तो आधे घण्टे में कामद पर आ जाओ!"

जैसे ही भीड़ इकट्ठा हुई, शर्मा जी ने सभी को बड़े इत्मीनान से सारी बातें समझाई। गाँव के लोगों ने जब सच्चाई जानी तो बिज्जू और विधायक के ऊपर बहुत कुपित हुए। उन्होंने सामूहिक रूप से निर्णय किया कि जिसके पास जो भी अस्त्र है, भले लाठी, कचिया या दबिया ही क्यों न हो, वह ले कर फैक्ट्री के दरवाज़े पर पहुँचे। उसी दिन उस कारखाने जैसे ढाँचे को तहस-नहस कर देने का प्रण लिया गया।

जैसे ही भीड़ तथाकथित कारख़ाने के निकट इकट्ठा हुई, गार्ड फ़रार हो गया। फिर क्या था, जिसे जो मिला, उसने वही लूट लिया। कोई बल्ब उठा लिया तो कोई टीन के चदरे ही सही। दो-तीन घण्टों के अन्दर उस बाउण्ड्री वाल के भीतर कुछ भी नहीं बचा। जैसे चील-कौवे मांस को नोच खाते हैं, ठीक वैसे ही उन्होंने उस परिसर के अन्दर स्थित वस्तुओं को नोच डाला।

इसके उपरान्त भीड़ वहाँ से बिज्जू के घर की ओर रवाना हुई। हालाँकि, तब तक बिज्जू को भीड़ के अनियन्त्रणीय चरित्र की ख़बर मिल चुकी थी। अपनी सुरक्षा के लिए उसने थाने से पुलिस बुला ली थी। पुलिस को देखते ही आधी भीड़ स्वत: गायब हो गयी...और जो बचे-खुचे थे वे सरकारी लाठीपात के शिकार हुए। पुलिस पर ऊपर से दबाव था। शर्मा जी और राजू को अराजकता फैलाने के आरोप में उठा लिया गया। फिर थाने ले जाकर दोनों की जमकर कुटाई भी की गयी। उस रात गाँववालों को बहुत ग्लानि हुई। उन्हें लगा कि शर्मा जी उनके लिए लड़ते हुए जेल चले गये और वो कायरों की भाँति पलायन कर गये।

इसी ग्लानि के आवेश में आकर अगले दिन गाँववालों ने थाने पर ही धावा बोल दिया। शायद आज़ादी के बाद किसी थाने पर ऐसा हमला पहली बार हुआ होगा। मीडिया भी पहुँच चुकी थी। गाँववालों ने हर बात को बढ़ा-चढ़ाकर बतलाया। ब्रेकिंग न्यूज़ चलने लगी–

"एक खोजी पत्रकार, जिसने नेता और उद्योगपतियों की मिलीभगत को उजागर किया, उसके मुँह में ही पुलिस ने राइफल का बट ठूँस दिया!"

सनसनीखेज़ ख़बर चलने लगी। देश के बड़े-बड़े मीडिया संघ ने स्टेटमेंट्स जारी किये। प्रिंट मीडिया में कई सम्पादकीय भी छपे। शर्मा जी की पूरी बायोग्राफी टीवी पर चल रही थी...सोशल मीडिया से उनका फ़ोटो उठा कर वायरल किया जा रहा था। उनके फेसबुक के जिन पोस्ट पर कुल तीन लाइक दिलाने के लिए भी राजू को मसक्कत करनी पड़ती, आज उसमें स्वत: हज़ारों लाइक्स आ रहे थे।

हद तो तब हो गयी जब शर्मा जी के एक्स-एम्प्लायर मीडिया हाउस यानी की 'भारत ख़बर' ने भी ज़ोर-शोर से इस ख़बर को चलाया। शर्मा जी के एक्स-बॉस ने तो यह तक कह दिया–

"शर्मा जी जैसे परिश्रमी और विलक्षण प्रतिभा के धनी पत्रकार को कोई संस्थान कभी निकाल सकता है भला! उनका अब तक का वेतन एकमुश्त उनकी प्रतीक्षा कर रहा है, वो जब चाहें वापस आ सकते हैं।"

यहाँ तक कि उनके पुराने सहकर्मी जो उन्हें किसी लायक नहीं समझते थे, वे भी आज उनके गुणगान करने से नहीं अघाते।

आभासी जगत में इतना शोर तो अवश्य मचा कि नौकरशाही तक में थोड़ी हलचल हुई। गृह विभाग के एक बड़े अधिकारी ने सीधे आरक्षी अधीक्षक को फ़ोन कर रिपोर्ट तलब की।

क़ानून-व्यवस्था न बिगड़े, इसलिए पुलिस ने दोनों को गिरफ़्तार किया था...लेकिन यहाँ तो गिरफ़्तार करने से सारी व्यवस्था बिगड़ रही थी। विचित्र विडम्बनात्मक परिस्थिति थी। आख़िरकार पुलिस को भी बाध्य होना पड़ा। शर्मा जी और राजू रिहा हुए।

सूजी जाँघों के साथ जब वो हल्का लँगड़ाते हुए बाहर निकले तो वह भी एक विवाद का विषय बना। शर्मा जी के सामने एक साथ तीस से अधिक माइक उनके बयान को रिकॉर्ड करने के लिए कँपकपा रहे थे।

पर शर्मा जी ने केवल इतना कहा–

"इस तीव्र गति से बदलती दुनिया में, जहाँ कुछ भी दिव्य द्वारा निर्धारित नहीं और सबकुछ मनुष्य के पुरुषार्थ से लिखा जा रहा है–किसी भी वस्तु, विचार या व्यवस्था से मत बँधो। जो तुम्हारे अन्तःकरण के अनुकूल न हो, उसके विरुद्ध उठ खड़े हो। शायद विद्रोह ही इस युग का ध्यान है, और सत्य के प्रति निष्ठा ही हमारा धर्म।"

उनका यह कथन देशभर में गूँज उठा।

अब वे केवल एक मामूली पत्रकार नहीं रहे, बल्कि एक समाज-सुधारक और सत्य-साधक के रूप में प्रतिष्ठित हो गये। नये-नये यूट्यूब पत्रकार उन्हें अपना आदर्श बताने लगे। उनकी पुरानी कविताएँ टी-शर्टों पर छपने लगीं। 'चे ग्वेरा' की तर्ज़ पर लोग "शर्मेसुधीरा" ट्रेण्ड करने लगे। आर्टिफ़ीसियल इंटेलिजेंस की मदद से उनकी तस्वीर को कभी गांधी तो कभी मण्डेला के रूप में ढाल दिया जाता। एक ने तो उन्हें श्री अरविन्दो का अवतार तक बता दिया।

शर्मा जी यह सब विस्मय और अचरज के साथ देख रहे थे। जब उनके मन में ख्याति प्राप्त करने की आकांक्षा थी, तब तो कुछ मिला नहीं; और अब जब मिल रहा है, तो उसमें कोई रुचि रह नहीं गयी।

उनके फ़ोन पर सन्देशों का सिलसिला थम ही नहीं रहा था। जिसे अरसों से देखा नहीं, सुना नहीं, वह भी नमस्कार भेज रहा था।

इधर गाँववाले दोनों को गाजे-बाजे के साथ स-सम्मान घरकूँच को ले आये। अब बिज्जू को किसी भी हाल में चुनाव में धूल चटाना गाँव का उद्देश्य बन गया था। लोगों ने शर्मा जी से चुनाव लड़ने का आग्रह किया, पर उन्होंने स्पष्ट मना कर दिया। इसके बाद स्वाभाविक क्रम में राजू ही आता था, इसलिए राजू से सरपंच चुनाव में उतरने का आग्रह तेज़ हो गया। राजू मना नहीं कर पाया। सरपंच का पद उसे बहुत आकर्षक लगा।

इस बीच डम्पिंग बन्द होने से पानी की लालिमा धीरे-धीरे कम हो रही थी। फिर भी रिपोर्टर कहानी के लिए आते रहे। शर्मा जी अब गाँव की बजाय अधिकतर समय आश्रम में बिताने लगे। रिपोर्टर वहीं जाकर उनसे मिलने लगे। शर्मा जी बहुत कम बोलते या न के बराबर बोलते। इसलिए लोग उन्हें सुनने के लिए और भी तरसने लगे। किंवदन्तियाँ चलने लगीं। शर्मा जी को स्वामी जी का आध्यात्मिक उत्तराधिकारी माना जाने लगा। तरह-तरह की बातें। लोग कहने लग गये की स्वामी जी अन्तर्ध्यान होने से पहले अपनी समस्त सिद्धियाँ शर्मा जी जैसे सुपात्र को देकर चले गये। आज के समय में ऐसा बिरले ही होता है, लेकिन यह घटना घरकूँच में घटी–लोग ऐसा दावा करते।

कबीर मण्डली वाले भी उनके सानिध्य में आ गये। शर्मा जी प्राय: मौन रहते, केवल कभी-कभी कुछ गूढ़ बातें कहते–

"क्या तुम प्रकाश को नीचे खींच सकोगे? खींचना तो दूर, तुम उसे छू भी न सकोगे। प्रकाश अपने मार्ग से ही उतरता है। यदि तुम स्वयं को प्रकाश मान सको, तो कोई भी तुम्हें नीचे नहीं ला सकेगा। पर यदि तुम अपने को किसी रूप में देखने लगो, तो कभी भी बन्धन से बच नहीं पाओगे।"

जहाँ ख्याति होती है, वहाँ ख्याति-पसन्द लोग स्वाभाविक तौर से खींचे

चले आते हैं। छुटभैये नेताओं से लेकर मन्त्रीगण तक उनकी आध्यात्मिक आभा में स्नान करने आने लगे। शर्मा जी तटस्थ होकर केवल इतना कहते–

"निरन्तर प्रयत्न ही सांसारिक सफलता की कुंजी है।
जो स्वयं को श्रम से बचाते हैं,
वे अन्ततः दूसरों द्वारा–
और कभी-कभी स्वयं अपने ही द्वारा–
किनारे कर दिये जाते हैं।
इसलिए कभी भी काहिल मत बनिये।"

राजनीति की पथरीली गलियों में संघर्ष करने वाले जुझारू लोग ऐसी बातों से बहुत प्रभावित होते। वे उन्हें ऋषि-सदृश मानने लगे। चरण-स्पर्श किये बिना कोई नहीं लौटता।

शर्मा जी की ख्याति निरन्तर बढ़ती जा रही थी।

बगल के ज़िले की जिलाधीश महोदया भी उनके सानिध्य की इच्छुक हुई। वे स्वभाव से आस्तिक थीं, किन्तु हाल की प्रतिकूल परिस्थितियों ने उनकी आस्था को जड़ से हिला दिया था। इसके कारण उनका मन बड़ा अशान्त रहता था। जब वे स्वामी जी के समक्ष प्रस्तुत हुईं, तो शर्मा जी ने कहा–

"यदि मेरी आस्था ईश्वर में प्रबल है, तो मुझे पूर्ण विश्वास होना चाहिए कि ईश्वर मेरा रक्षक है। वह ही मेरे अस्तित्व, कल्याण और अनस्तित्व–तीनों की रक्षा करेगा। मेरा सर्वोच्च विश्वास मेरे ईश्वर में निहित है।

मुझे निश्चय है कि वह मुझे मेरे मार्ग से भटकने नहीं देगा और मुझे वह सब करने की शक्ति देगा जो मेरे कर्तव्य को पूर्ण करने के लिए आवश्यक है।

जैसे ज्ञानी की शक्ति उसके ज्ञान में निहित होती है, वैसे ही आस्थावान की शक्ति उसकी आस्था और विश्वास में होती है।"

ऐसा लगा मानो वे पहले से ही जान चुके हों कि उनके सामने बैठी महिला क्या सुनना चाहती है। ज़िलाधीश महोदया अत्यन्त प्रभावित होकर लौटीं।

शर्मा जी का वैराग्य भाव चरम पर था। उन्होंने आश्रम में ही निवास प्रारम्भ कर दिया था। उधर चुनाव भी निकट आ चुका था। राजू पूरी तन्मयता

से प्रचार कार्य में लगा था। किन्तु फिर भी दिन में एक बार तो वह शर्मा जी से मिलने अवश्य आता।

गाँव के लोगों के लिए शर्मा जी अब केवल एक पत्रकार नहीं, बल्कि एक आध्यात्मिक नायक बन चुके थे--शायद स्वामी जी की तरह, या उनसे भी आगे।

19

जीवन संयोग के अलावा और कुछ भी नहीं।

अगर संयोग हुआ तो अचानक से तेज़ हवा चलेगी और एक तुच्छ तिनके को भी आसमान में उड़ा ले जायेगी। ऐसे में प्रभुत्व तिनके का नहीं होगा, हवा का होगा...या फिर यूँ कहें कि हवा का भी नहीं होगा, 'संयोग' का होगा।

चुनाव परिणाम घोषित हो चुके थे।

राजू भारी मतों से विजयी हुआ था।

बिज्जू–जिसकी कभी तूती बोलती थी–नतीजों से पहले ही पराजय स्वीकार कर चुका था और अब राजू से मित्रवत व्यवहार करने लगा था।

कहते हैं दुआ-सलामी तो दूर विधायक जी ने बिज्जू का फ़ोन उठाना भी बन्द कर दिया था।

यह संयोग का ही बल कहिये कि राजू अब एक भूतपूर्व चपरासी से गणमान्य सरपंच बन चुका था...और शर्मा जी एक असफल पत्रकार से अब एक आध्यात्मिक नायक के रूप में अप्रत्याशित कीर्ति प्राप्त कर चुके थे।

यह संयोग ही है कि जिस दिन राजू विजयी हुआ उसी दिन विधायक जी गाँव को पधारे और राजू के कन्धे पर हाथ रखकर बोले–

"मध्य-युग के बाद आज पहली बार ऐसा हुआ है कि मेरे इस प्राचीन गाँव को जिस तरह के जुझारू युवा के स्थानीय नेतृत्व की आवश्यकता थी, वो आज मिला है। यह गाँव महाभारत के समय का है, लेकिन अर्जुन आज पहली बार देखा।"

"अब इस अर्जुन के श्रीकृष्ण को भी देखने की उत्कण्ठा है।" ऐसा कहकर उन्होंने राजू को शर्मा जी के पास ले चलने को कहा।

राजू को लोग कन्धे पर बिठाकर ढोल बजाते हुए शर्मा जी के पास लाये। साथ में विधायक जी भी फॉर्च्यूनर पर सवार होकर आये।

राजू ने गले से गेंदे के फूलों की एक माला निकालकर शर्मा जी के चरणों में रख दी। शर्मा जी राजू के लिए मित्र-मार्गदर्शक से अब गुरुवत् हो चुके थे। शर्मा जी ने झुककर राजू को गले से लगा लिया। राजू की पलकें नम थीं। वह कृतज्ञता के भाव से भरा हुआ था, जैसे सबकुछ शर्मा जी की ही देन थी। यह सर्दियों के दिन थे, लेकिन एक नरम-सी धूप खिली हुई थी। शर्मा जी बहुत सहज स्वर में राजू को बोले–

"राजू, तुम निश्चित रूप से अपने गाँव के लिए बहुत अच्छा काम करोगे–ऐसा मुझे पूरा विश्वास है। लेकिन, कभी पद-प्रतिष्ठा के मोह में बँध मत जाना।

यह याद रखना कि संसार में भौतिक प्रगति रेत के किले के समान होती है, किसी भी क्षण तेज़ लहरों से ढह सकती है। अब हमारे जीवन को ही देख लो, चन्द महीनों में कितना कुछ बदल गया।

सच तो यह है कि सांसारिक प्रगति का स्वरूप ही ऐसा है। जीवन में सारे लाभ और हानियाँ मिलकर एक-दूसरे को निरस्त कर देते हैं। अन्त में सबकुछ शून्य हो जाता है।

लेकिन इसके विपरीत आध्यात्मिक प्रगति शाश्वत होती है। वह सूक्ष्म शरीर पर अंकित हो जाती है। यह जान लो कि एक उपासक की अर्जित की हुई साधना कभी भी व्यर्थ नहीं जाती। मरणोपरान्त वह उसके अगले जन्म में आरम्भिक पूँजी बनकर उसे आगे बढ़ाती है।

इसी कारण ज्ञानीजन सदैव आध्यात्मिक उन्नति पर ध्यान केन्द्रित करते हैं और भौतिक जगत को तनिक हल्के में लेते हैं। वे जानते हैं कि सांसारिक जीवन चक्राकार है–लाभ और हानि, सुख और दुख की परिक्रमा में घूमता रहता है–जबकि आत्मिक विकास रेखीय होता है, सर्वदा अग्रगामी होता है।"

ऐसा कहकर शर्मा जी उस शाम विश्राम को चले गये। विधायक जी जो कभी स्वामी जी के मुरीद हुआ करते थे अब शर्मा जी के हो गये।

राजू भी बहुत सुख के साथ घर को लौट आया। चैन से लेट गया। उसके मन में पुरानी बातें उमड़ रहीं थीं। रनिया भी बगल में लेटी थी। वह प्रसन्न थी।

राजू शर्मा जी को अपने साथ गाँव लाने के अपने निर्णय को अपने जीवन का सबसे निर्णायक मोड़ मान रहा था। देर रात तक दोनों जागे रहे।

किन्तु राजू की बायीं आँख बहुत देर से फड़क रही थी। किसी अनिष्ट की आशंका ने उसे घेर लिया। वह आने वाले कल की भयावहता से अनभिज्ञ था।

अगली सुबह जब तक वह उठा, तब तक घरकूँच में मातम छा चुका था। शर्मा जी कहीं नज़र नहीं आ रहे थे। वे स्वामी जी की तरह ही ग़ायब हो गये थे। उनके आसन पर उनका वस्त्र पड़ा था, ठीक वैसे जैसे स्वामी जी के पड़े मिले थे। राजू ने जब यह सुना तो दौड़ता-भागता, गिरता-पड़ता आश्रम को पहुँचा। एक क्षण के लिए उसे विश्वास ही नहीं हुआ कि शर्मा जी उसकी दृष्टि से ओझल हो गये थे। पिछले तीन महीने से शर्मा जी के साथ साये की तरह घूमने वाले राजू को शर्मा जी ऐसे अकेले छोड़कर ग़ायब हो जायेंगे, राजू ने कभी सोचा भी नहीं था।

"छोड़कर कहाँ चले गये शर्मा जी! एक बार बताये तो होते...क्या फ़ायदा ई सरपंच होने का? चुनाव भी आपके कहने पर ही लड़े थे। हमको कोई शौक नहीं था घरकूँच का हीरो बनने का...आपको ही बनना था समाज-सुधारक। हम जानते थे कि ई सब अध्यात्म के चक्कर में आप एक दिन बौरा जाइएगा।", राजू फूट-फूट कर रोने लगा।

रनिया राजू को बार-बार सँभालती। अपने पल्लू से राजू की आँखें पोंछती। राजू पत्थर पर बार-बार हाथ पीटता। चुन्नू-मुन्नू निःशब्द खड़े रहे। अपने पिता को ऐसे रोते हुए पहली बार देख रहे थे। उनकी आँखें भी डब्रडबा गयीं थीं। वे भय और असुरक्षा में अपनी माँ की साड़ी को ज़ोर से पकड़े हुए थे।

रनिया बार-बार कहती, "ऐसे क्यों रो रहे हो, शर्मा जी मर थोड़े ही न गये हैं! वे वापस आयेंगे। हमें छोड़कर ऐसे नहीं जा सकते।"

लेकिन, राजू जानता था कि शर्मा जी अब कभी लौटकर नहीं आयेंगे। ठीक वैसे जैसे स्वामी जी कभी नहीं आये।

राजू के मित्र शर्मा जी अब जा चुके थे।

लेकिन जाने से पहले बहुत कुछ बदल कर गये थे।

एक व्यक्ति का आना-जाना शायद इतना महत्त्वपूर्ण नहीं है। लोग आते हैं, कुछ देर ठहरते हैं, फिर चले जाते हैं। परन्तु वे अपने पीछे अपने कृत्य

छोड़ जाते हैं। उनकी स्मृतियाँ रह जाती हैं। उनके प्रतीक रह जाते हैं। यद्यपि समय की धूल धीरे-धीरे सब पर जम जाती है और अन्ततः वही धूल सब कुछ मिटा भी देती है।

वर्षों बाद शायद यह भी मिट जायेगा। घरकूँच शायद घरकूँच ही रहे, किन्तु वहाँ कोई राजू और शर्मा जी को शायद याद भी न रखे।

और यह कहानी–जो अब इस उपन्यास के भीतर दर्ज़ है–शायद अन्त में बस एक कहानी ही रह जाये।

उपसंहार

सालेशर अभी-अभी पशुपतिनाथ को जल चढ़ाकर गाँव लौटा है। वह हाँफता हुआ, लगभग भागता हुआ, सीधे राजू के पास जा रहा है।

दरअसल बिज्जू भैया की क़िस्मत की नैया जब डूबने लगी थी, तो सालेशर को भी अपनी रोज़ी-रोटी पर संकट महसूस हुआ था। उसने तत्काल प्रभाव से सुन्दरी मठ जाकर यह प्रार्थना कर डाली थी कि अगर महादेव की कृपा से वह अपने परिवार का भरण-पोषण सुनिश्चित कर पाया तो पशुपतिनाथ जाकर अपने बेटे का मुण्डन करवाएगा।

इधर जब राजू विजयी हुआ, तो उसे भी अपने काम के लिए एक राइट हैण्ड और एक लेफ्ट हैण्ड की आवश्यकता महसूस हुई। राइट हैण्ड के लिए तो ज़रूरत से ज़्यादा होशियार लोचनवा की नियुक्ति हो गयी...लेकिन लेफ्ट हैण्ड के लिए कोई उपयुक्त व्यक्ति नहीं मिल रहा था। ऐसे में संयोग से जब एक दिन सालेशर राजू के पास अपना दुखड़ा रोने आया, तो करुणावश राजू ने उसे ही अपना लेफ्ट हैण्ड बना लिया।

सालेशर की मनोकामना महादेव ने पूरी कर दी थी। इसलिए वह अपनी मन्नत पूरी कर के लौट रहा था।

सालेशर जैसे ही राजू के सामने पहुँचा, उसने हाँफते हुए, लगभग विस्मित स्वर में बोला, “वे ग़ायब नहीं हुए हैं...मैंने उन्हें पशुपतिनाथ में देखा...दोनों साधु के वेश में थे...वे वहीं हैं।” अपने कथन के प्रमाण में उसने माँ की कसम भी खायी।